# 九塊厝診療所

陳俊賢 著

獻給

首帆

我的小天使

我生命中最大的喜悅

**九塊厝診療所**
作者／陳俊賢
總編輯／馬鎮梅
責任編輯／伍詠慈
美術設計／劉碧雲
出版發行／突破出版社
香港沙田亞公角山路33號突破青年村
電話：2632 0000　傳真：2632 0388
電郵：breakthrough@breakthrough.org.hk
網址：http://www.breakthrough.org.hk
http://www.btproduct.com
承印／陽光印刷製本廠
2011年11月初版1刷


A Surgeon's Notes on a Remote Village
by Chan Jun-yeen
First Printing, First Edition, November 2011

ISBN 978-988-8073-51-1



本書採用環保油墨印刷

# 閱讀之　味

# 目錄

## 善用右半腦的神經外科醫師

陳俊賢醫師，我的同工，門諾醫院的神經外科主治醫師。今次要出版第二本書，我真高興能為他寫序。上一本書是他在受訓期間的生活感想，把神經外科醫師訓練過程的鹹酸苦辣和趣事與讀者分享，那本書或許是台灣版的神經外科黑色喜劇。這次是他讀書、行醫中，尤其到了花蓮偏遠地區行醫時，想像出來的故事，也有他整理的思緒。

一位神經外科醫師當然要手腦並用，近代醫學是一門科學，講求邏輯、歸納和數據、實證，這些是我們左側大腦的功能。而詩意、想像、隱喻和文學創意，則是人類右側大腦的產物。讀完了陳醫師的書稿，我認識到陳醫師真的很會善用他的右腦，他的想像力太豐富了！

陳俊賢醫師是馬來西亞來台的僑生，我很驚訝他對台灣本土歷史的認識之深，例如故事中提到日本人井上伊之助，神學院畢業前，他的父親任職日本駐台灣的樟腦會社，於一九零六年在太魯閣被原住民「出草」殺死。這個兒子發誓要替父親報仇，但是當他成為耶穌基督的學生之後，卻自願奉獻了一生，在泰雅族的社區，向殺死父親的高砂族傳教，見證神的愛；並以有限的醫學知識（他是日據時代的限地醫師），照料原住民的健康。他在角阪山留下的診所，後來改稱為「九塊厝診所」，也就是這個故事上演的舞台。不但如此，陳醫師也把國共內戰後，中國大陸移民來台灣時的一些情況描寫得淋漓盡致！對一個不曾在台灣長大的僑生，這才是最難能可貴之處！

神經外科醫師每天都很忙，不但做手術的時間很長，還要看門診、診斷留院病人、三不五時還要處理其他科的會診及急診，很難想像陳醫師還有時間去參閱那麼多史料，然後創作出這麼有趣的故事。希望各位讀者也能和我一樣，欣賞這本另類的休閒讀物。

黃勝雄 撰於花蓮
門諾醫院執行長

## 當醫師，所要的不過如此

當一個好醫生要有什麼條件？

醫德？醫術？

光是一片好心，但醫術不濟，是庸醫。金庸在《笑傲江湖》裏說得好：「庸醫殺人，多于刀劍之下」。

醫術通神，但只顧私利，不以病人的福祉為依歸，趁病人和家屬最無助、最徬徨的時候斂財，更令人齒冷。

比醫術和醫德還重要的，就是心中那團火！

這團火是什麼呢？

就是激情，就是愛心，就是對生命的執著，就是「為人民服務」的信念，就是「乍見孺子，將入於井」的惻隱之心。

就是這團火，鞭策我們在通宵當值後疲不能興時，仍堅持到病房查房；就是這團火，教我們為每個垂死的病人奮戰到最後一口氣。

在現代社會的大都市，生活的節奏愈來愈快，人與人之間的關係愈見疏離。當醫生的，在「醫療事故」、「醫患糾紛」、「經濟效益」的重壓之下，容易迷失方向，變得很會保護自己、很機械、很冷漠。如何維持對專業的執著、對病者的熱誠，確是當今為人醫者面臨的重大挑戰。

《九塊厝診療所》的主角神經外科大夫馬醫師，因事故被貶到台東窮鄉僻壤的小醫院。本書透過一連串在診療所發生的故事，道出本來對行醫已喪失了熱情，只會在診療所「冷眼看世情」的馬斯凱，如何被當地純樸的、濃得化不開的鄉土人情感動，重燃起他心中的一團火。

「原來，當一個醫師，所要的不過如此。」好發人深省的一句話！

謹向各位推介這本好書！

鍾尚志

香港中文大學醫學院前院長

# 序幕

我要向你們說一個故事，一個很簡單的故事。

我的眼睛已經退化，偶爾還可以感覺剎那的亮光和色彩，不過大部分時間我都讓它們閒着。我寧可用肌膚感覺徐徐吹送過來柔柔的風，用手掌輕輕碰觸那玲瓏有致的臉龐，感覺每一根肌肉悲傷和喜悅時的抽動，感覺淚水滑下的苦澀和手掌底下血液流過的温熱；我寧可用耳朵傾聽潮聲，聽粉紅色嘴角流泄出來的細語，聽高興的呼喚，我甚至可以捕捉打從繃緊喉頭擠出來的憤慨吶喊。我就是不用眼睛。

先來個自我介紹。嚴格來說，我無法告訴你我是誰，我的存在起始於一束火花，不，是一道光，因為我感覺不到温度。

類似兩塊石頭相互撞擊發出的光芒，既温和又慈祥。光芒宛如夜間深邃的蒼穹中旋轉的一團星雲，仿似深灰色的一道光芒。瞬間，全都消失了。

安靜得似乎連時間也消失了。

「我」感覺到正被一團永恒的漆黑籠罩。這是生平頭一次用「我」來稱呼自己，初次體認到自己的存在。

慢慢的，我周邊的黑色化開了，像牛奶的一點一滴滲進咖啡，像曙光在混沌的天際掀開了黎明，黑色漸漸淡去，幻化成一片淺淺的藍。是水藍色的，我的身體告訴自己是水藍色的，晶瑩剔透。

我聽到了聲音。

是水的聲音，充滿節奏地打着拍子，沙沙的響，我感覺到頭上捲起的細微浪花。

之後，又傳來一陣不同於水的聲音，宛如一波又一波沉悶的鼓聲。

「卜、卜、卜、卜」

聲音慢慢變大，不斷在我耳際迴繞。

我閉上眼睛，緩緩伸出雙手，往身邊細細的探索。就我指尖所及，是一個果凍般軟綿綿的圓球，「卜、卜、卜、卜」發自圓球一波波的躍動。

我感覺到圓球內一脈液體的流動、一股旺盛的氣息。

這顆圓球，正是一個小生命。我伴隨着生命到來，跟隨最後一個生命離去。

別以為我有同情心，別把你們世俗的憐憫加諸在我身上。我看遍人情冷暖，看透世態炎涼，從不干涉人間的是是非非。我不過是終點站的最後一班列車，載你到該去的地方。

這陣子我累了。

我越過湄公河往西走，腳下一片肥沃，沿着薩爾温江，原本應該是處處翠綠、稻米飄香的天賜土壤，卻盡是戰火遺留下的斷垣殘壁。

日復日，我一件件收拾着俯臥在黃土上灰階的生命，宛如撿拾破碎的瓦礫，我用右手緊緊的托着，他們的靈魂輕飄飄的像一塊破布垂掛在我的手臂；我左手牽着五個小靈魂，朝着山的那頭走，五個小傢伙頻頻回頭，憑弔他們被胡亂堆在爛泥巴上殘缺的軀體。

其中一個孩子問我：「叔叔，我們接下來要去哪呢？」

我只是低着頭不斷走，累垮了，始終閉着嘴巴。

我對我的工作，任勞任怨，盡心盡力，如果問我對這份工作有什麼要求的話，只有一個：別叫我説話。

我看着你來，再領你回去，領你回去這條路是一片的空白，在我的認知裏，這片空白不須言語去填補。

死亡是安靜的。

這億萬年來，我沒講過一句話，直到這一刻，因為從這刻開始，我要向你們説一個故事。

## 手術室

故事開始的背景是白色的。

白色的牆壁，白色的燈光，白色的牀上，躺着一個人，死了。

牆上的時鐘指着五點正，天還沒亮。

手術室內每個人都呆若木雞：一個外科住院醫師，一個麻醉醫師，還有一個刷手護士。

手術在一個小時前結束了，牀上的病人已死去一個小時。在這個小時內，三個人都固執得沒說一句話。

「林醫師，不能再這樣下去吧？外面的家屬在追問了。」高高瘦瘦的刷手護士終於耐不住，扯下口罩，瞪着那個稱為林醫師的青年，從外表看來，林醫師大概不到二十五歲。

「林醫師，」麻醉醫師也說話了：「你不是想等到外面的家屬衝進來，才告訴他們，他們的兒子已經死了？」

林醫師低着頭，蹲在牆角，在手術室的燈光下，臉上閃着一片油亮，他全身正微微的顫抖，「可是我一直聯絡不上馬醫師……」

刷手護士終於爆發了，「多少次了，每一回都是這樣，他到底要搞死多少個病人才罷手 ！」

「當初馬醫師叫你先下刀，他不是說很快就過來嗎？五個小時了，他到底死到哪兒去啦？」

「我倒想看看這位馬醫師如何向病人家屬解釋。」

林醫師仍舊低着頭，嘴巴喃喃的唸着：「我把病人弄死了……」

手術室再次陷入一片沉默。

我悄悄走近牀邊，看到的是一張小孩的臉，一張蒼白的臉。

蒼白是絕望的顏色。

我撫摸他的臉頰，感覺到七零八落的破碎。我用指尖拭去他眼角最後一滴淚水，他小小的靈魂正依在我的臂彎，我挽着他的手，準備帶他離去。

手術室的自動門打開，一個高瘦的身影跟蹌走進來。

我發現，這個身影彷彿比我身邊的小靈魂還要虛弱。

「馬醫師？」牆角的林醫師倏地站了起來，「馬醫師，病人他已經……」

他走過去，不偏不倚的站在我身旁，頭上綠色的帽子戴反了，綠色的手術衣也是倉促間隨便披上，眼神呆滯，佈滿血絲。

我還嗅出他身上有一股味道——酒精。

他扶了一下掛在鼻樑上的粗框眼鏡，往牀上小孩的頭打量一番。

「給我剪刀，把傷口打開。」

林醫師一陣錯愕。

麻醉醫師開口了：「馬醫師，病人死了！」

刷手護士說：「家屬還在外面，等你宣告病人的死訊！」

他再次抬起頭來，眼神竟直接與我交投，我看到他嘴角泛起一抹詭異的微笑。

尼龍線一條一條的被剪開，原本切開的頭皮被翻過來，本已釘上去的顱骨遭拿掉。

馬醫師詭異的眼神告訴我，他的手術已經結束。

「好了，現在可以把家屬請進來。」

「什麼？」

「為什麼？」

「有這個必要嗎？」

林醫師、麻醉醫師、刷手護士，面面相覷。

我身邊的小靈魂在顫抖，他緊緊捉住我的手臂，我第一次發現，原來靈魂竟有這麼大的力量。

馬醫師大吼着：「你們懂什麼，快把家屬叫進來！」

刷手護士慌慌張張的跑出去，不一會，領進一對眼神渙散的夫妻來。

馬醫師把他們叫到身邊，用鉗子指着打開的頭顱說：「你們兒子受傷太重，我們已盡力搶救了，但……」

話沒說完，夫妻倆一陣暈眩，雙腳一曲，蹲坐在地上。

「兒子呀……兒子呀……」兩人聲嘶力歇的呼喊，肝腸寸斷。

「我們真的盡了力，希望你們能夠諒解，畢竟醫學有它的極限。」馬醫師把他們扶起，眼角再瞄一下刷手護士說：「送他們出去。」

俟這對夫妻一走，馬醫師又扶了一下他的粗框眼鏡，「現在你們懂了嗎？」他看着林醫師和麻醉醫師說：「若要他們真正接受兒子已死的事實，最直截了當就是讓他們親眼看看這顆稀巴爛的腦袋！」

我眼前頓時一片空白，只聽到身邊這個小靈魂，發出一聲淒厲的尖叫。

馬醫師，全名馬斯凱，被請到院長室。

院長是個消瘦、背有點傴的老人。

偷偷告訴你，我喜歡這個老傢伙。

他把一張紙條放在桌面，馬斯凱一手拿起來，紙上只寫了五個字：「你被開除了。」

面對馬斯凱，院長竟然連一句話也懶得說。

活該，就某種意義來說，這叫大快人心。

除了那五個叫人難堪的字，紙條背面還有用黑色鋼筆端正地寫着六個字——「九塊厝診療所」。

## 九塊厝診療所

他（井上伊之助）於明治四十四年（一九一一年）十月渡台，領到新竹廳的「番地事務囑託」任命狀，到東部山地花蓮支廳療養所工作，照顧蕃人和部分支那人。翌年，接獲任命，根據台灣總督府所頒布「理蕃事業」中的醫療政策，前往蕃地「郗化卜卡羅」(Siwa Bukeloh) 執行醫療業務。

井上父親於一九零六年在台灣花蓮附近「鳥理」蕃地為原住民殺害。翌年，他在聖書學院完成學業後，開始傳教，抱着以教化「生蕃」來代替「為父報仇」的決心，渡海來台。

井上第一次到「蕃界」出診，則是在明治四十五年一月二十九日。他記述如下：

「今天雖然下雨，但已約好要去探望生病的原住民，所以在緒方先生的陪伴下，於早上十點左右出發。……一路淋雨走到原住民部落，房子坐落在山腹，日照良好，取水又非常方便，牆壁及屋頂皆為竹造，室內有三張牀，皆是用細竹與藤條編製的。……他們一家三對夫婦同居（父母及兩對兒媳），有四個小孩，人數雖多，卻相處得很和睦……一位男士因瘧疾已臥病兩週，另一位男士牙痛得很厲害，一個小孩也患瘧疾，真的很可憐，我雖然不能診療的很完整，但也都讓他們的病狀緩和許多，診療後稍休息時，他們請我們吃烤地瓜及用陸稻做的餅，告辭時還送我餅及他們編織的粗布，真是盛情難卻。」

井上伊之助在如此險惡的環境下，隻身在原住民「與世隔絕」的山區，默默從事醫療和傳教工作，以感化原住民，來完成他「為父報仇」的使命。他曾記下這麼一句話：「雖然別人死了，但是我可不願意也被人說：『他也死了』。」

大正三年（一九一四年），井上伊之助以無比的勇氣和信念，成立了「郗化卜卡羅診療所」，「郗化卜卡羅」在蕃語的意思為「九塊石頭」。

昭和二十年（一九四五年）日本戰敗投降，井上隨之回到日本，中華民國政府接管醫療事務，繼續進行偏遠醫療服務，隨了支那移民愈來愈多，「郗化卜卡羅診療所」日後便更名為「九塊厝診療所」，其名字一直沿用至今。

改寫自小田俊郎：《台灣醫學五十年》（東京：株式會社醫學書院，一九七四年）

# 1

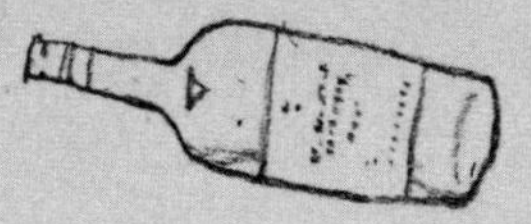

咬了一口的甜甜圈

# 大醫師駕臨小診所

紅色的斜陽西照，青翠的草地被染得金碧輝煌；周遭的樹木，隨微風而輕盈的婆娑起舞。廣闊的平原，縱橫交錯的阡陌織成格子狀，每一片稻田邊都坐落了一間間小房舍，房舍有木蓋，也有用紅磚瓦堆砌的，有的屋頂上還飄着裊裊炊煙。

平原往西面延伸，地勢逐漸升高，一升三百多公尺，一羣南北走向的山嶽圍在周邊。春天時層層山巒一片翠綠，秋天則是一片金黃，冬天時草木枯了，落下葉子的樹木留下空空的枝椏，遠遠眺望，一脈山嶽就只剩下黑壓壓的一片。

圍繞着平原的都是高地，像被一面高牆困着，惟有往東走才找到出口，東面盡頭是一望無際的海。大多時候，海水是湛藍的，打從太平洋吹來的風，捲起白白的浪濤，輕輕柔柔打在雪白的沙灘上。

是的，像極被咬了一口的甜甜圈，缺口處就是通往太平洋了。這樣一個不完美的甜甜圈，當地人把它喚作「九塊厝」。

從最近的城鎮到九塊厝，少說也要三、四個小時，一天有三班公車，班次已經不算多了，每逢颱風下雨，車子還賴着不開呢。不過，這也不能完全怪開車的。光是這一年，這條開往九塊厝的山路就三次塌方了，有一次更要勞動軍方空投物資給村民。

聽起來好像不怎樣嘛，可別忘記，這一年只過了六個月。

**關於九塊厝的三件事**

一、除了種田和打魚，這裏沒有別的工作。

二、包括廟裏住的那個老尼姑，全村共有一百多戶人家，人口不到一千。

三、最重要的是，這裏只有一家診所。

## 九塊厝大街

藍色的公車開過好幾座高山，有幾次大轉彎，後輪還差點滑落到懸崖去。經過三個多小時的顛簸和折騰，車子終於在一個歪歪斜斜的公車站牌前停下來。

「先生，終點站到了，所有客人都得在這裏下車呢。」司機看着倒後鏡，沿路早已放下大部分乘客，空蕩蕩的車廂裏，只剩下右邊倒數第二個座位上的客人。

他整個身體往後仰，脖子歪着垂掛在椅背上，看上去若不立刻把它拉回來，連在細長脖子上的這個頭，恐怕就會掉到後座去。

司機站起來，走向乘客，聽到如雷的打鼾聲，還有一股發酵似的、酸酸的味道——酒精。

「先生，終站到了，要起來下車了！」司機邊說邊捉着他的兩肩使勁地搖。

十分鐘過去，司機看着座椅上空空的600c.c. 威士忌瓶子，終於領悟，即使把他的脖子搖斷，他大概也醒不過來。

「把他搬下車，扔到路邊嗎？」司機暗忖着。

不行，這裏前勾不着村、後不着店，荒山野嶺，萬一被山豬叼走了怎麼辦？

「把他載回上車的車站？」

這個方法光是想就覺得很笨。

可憐的司機躊躇了，為什麼會遇到這種倒霉事？他雙手搓揉着、上車下車來回踱步，終於下了個決定。

這條路他開了二十多年，還是首次把車開進警察局。

公車大剌剌的駛過九塊厝大街，後輪揚起了黃黃塵土，小伙子大伙子，從兩歲到二十歲、從開始會爬的到會走會跳的全都追在車子後面，大呼小叫，家家戶戶有門有窗的地方都有顆頭伸出來觀看。

是什麼大人物了？公車竟然直接把他送進村，還送到大門口。

然而，看着公車走啊走，竟然一路駛進了警察局。小伙子們一臉錯愕，團團圍在警察局門口。

一個老傢伙跑出來，他近乎全禿的頭上僅有一、兩綹黑黝黝的髮絲，服服貼貼的黏在後腦杓。他穿着一身警察制服，吼道：「有什麼好看？全都給我回家去！」於是小伙子們一哄而散。

警察局的庭院內就只剩下一部藍色公車，司機站在車門外，雙手攙扶着一個醉醺醺的傢伙。

警察名叫王本善，九塊厝的人都習慣叫他王伯，他摸着亮晶晶的頭：「他醉成這個樣子，我想還是請診療所的人來看一下比較放心。」

司機先生發出「哦」的一聲，頻頻點頭，然後跟王本善握了握手說：「那麼，老王，一切就麻煩你了。」語畢，司機先生就往公車走去。

王本善好像想到了什麼，嘴巴張了又合起來，最後只擠出這一句：「老張，入夜了，回去的路上可要小心啊。」

司機老張頭也沒回，只是高高舉起右手揮了一下。

我知道王本善想要說出口的那句話：「都這麼晚了，就留宿一夜再走吧。」是的，我真的很想和司機先生說，因為這個晚上，前面十公里處的山路，將會整段塌掉。可是他已無法聽見。

## 柯魯斯

九塊厝的怪人不少，柯魯斯是其中一個。因為唸書時拿的是公費，兩年前他從醫學院畢業後，便被衛生署派到這裏當公費醫師。他個子高高瘦瘦，方形臉，濃眉大眼，性感豐嫩的唇，還有一排潔白得可拍牙膏廣告的牙齒。他頭髮長得可紮成一束馬尾，在他的脖子後方彷彿裝了個小型風扇，烏黑油亮的髮絲在任何時候都會隨風飄逸。他走起路來就像天橋上的模特兒般，屁股翹得老高，所到之處散發出陣陣雄性動物特有的野性。

老爸給他取名叫柯魯斯，他對這個名字似乎非常反感，打從聲帶發出磁性般的沙啞、身體開始發育，他就不喜歡別人喚他柯魯斯。高中時他曾經把一個同學的頭塞進馬桶，因為那同學直呼他的名字。

爾後，他給自己取了個英文名字叫湯姆。如果你硬要叫他湯姆．柯魯斯（Tom Cruise），他好像也不會反對。

夕陽早已躲到海平面以下，天空陰沉沉的暗了下來，遠處青蛙和蟋蟀的鳴叫此起彼落。

今天警察局打了一通電話到診療所，柯魯斯就被召了過來。

「王伯，你說那個醉得昏頭昏腦的傢伙就是他嗎？」柯魯斯看看手錶，還有五分鐘就七點了，在浴室剛把頭弄濕了就被喚過來這裏。

「是的，」王伯把倒在長椅上的傢伙扶正，說：「我剛剛翻了一下他的背包……」

「讓我檢查看看。」柯魯斯一頭栽過去，心想：「快，快，快，檢查完草草把他打發掉，反正不過是個醉酒的流浪漢。」

柯魯斯把他的眼瞼翻開，用手電筒照了照，掀起他的衣服確認沒有外傷，用聽診器往胸口上聽了聽，心跳呼吸正常。

「沒事，」柯魯斯露出他那招牌牙齒笑了笑說：「不過是一個人渣、死酒鬼、大混蛋，酒醒後就沒事。」說完，一個箭步就往門外走去。

柯魯斯一腳踏出玄關，王伯急忙喊住他：「你確定不認識這個人？」

柯魯斯一怔，轉過頭來，「我對他真的沒什麼印象呢。」

「可是……」王伯搔着頭說：「我搜他錢包時發現一張執照。」

「執照？」

醫事人員憑證 IC 卡

醫師 馬斯凱

醫字第 033213 號

柯魯斯把執照拿在手上，前前後後的看着：「這麼說，他也是個醫師。」

「還有，」王伯從馬斯凱的背包裏拿出一個白色信封：「信是由這裏寄出去的，署名是黃一山。」

「老爹？」柯魯斯難以置信，一手把信搶過來。

「信上說，歡迎這一位馬斯凱醫師前來服務。」王伯說完，呲齒大聲的笑着：「這麼說來，這個人渣、死酒鬼、大混蛋以後就是你的同事了。」

柯魯斯走得搖搖晃晃，一邊走還不忘碎碎唸的咒罵着。由警察局到診療所要花上十五分鐘，這條路本來就不好走，如今還背了個爛醉如泥的混蛋，胼手胝足、連滾帶爬，即使三十分鐘大概也到不了家。

他嘴裏叨叨的唸着：「為什麼總是碰到這種倒霉事？」

話還沒完，豆大的雨滴從陰鬱的天空落下來。

我很想跟他說：「更倒霉的事還在後頭呢。」

## 意外

司機張伯為了閃避車道上一塊小石頭，把車開進外側車道。這時，滾下來的一塊大石頭，不偏不倚壓在他的車頂上。

等到柯魯斯把馬斯凱扔到診療所的病牀上，牆上的鐘正好是八點。

經過大雨的洗禮，馬斯凱慢慢睜開眼睛。他的頭重得好像灌了鉛，眼前的事物不斷旋轉，他感覺胃一陣陣痙攣抽搐，裏面的東西正蠢蠢欲動往上湧。

他拚命從牀上爬起來，趴在牀沿，吐得滿地都是。

「哇、哇、哇、哇，老大，你要吐也該先說一聲，」柯魯斯趕忙走過去，看着滿地的穢物，「等一下你記得把地板擦乾淨。」

「這裏是什麼地方？」馬斯凱問道。

「這裏是天堂。」柯魯斯說得鏗鏘有力，「你老人家已經升天了。」

馬斯凱睜眼瞪着柯魯斯，然後「哇哈哈哈」的笑得眼淚都迸了出來。

「你笑啥？」

「我笑你是個豬頭。」馬斯凱笑得臉紅耳赤：「我這個人好事沒做過，壞事倒做了不少，地獄倒該留個位子給我，還說什麼天堂？再說，天堂可沒有像你這麼豬的天使。」

晚上八點二十三分。

我特別提醒這一點，只因從這一刻起，到翌日太陽升起以前，診療所會淪落得像個戰場。

診療所外傳來一陣尖銳的煞車聲，瘋子一般的傢伙跑進來。「快來人啊！快來人啊！這裏有人受傷了！」叫喊的人一頭亂髮，雙手忙亂地揮舞，從頭到腳都是血。

柯魯斯第一個從診療所衝出去。

第二個衝出去的，不是馬斯凱，而是一個束馬尾的女孩。

第三個才輪到姓馬的，慢條斯理步出去。

「老兄，怎麼了？」那老兄彎着身子，雙手撐住膝蓋，吁吁的喘，柯魯斯一把扶起慌張失措的傢伙，「怎麼搞的，滿身都是血？到底哪裏受傷了？」

他指了指庭院內的藍色小貨卡，說：「受傷的是裏面那個，這些血是他的，不是我的，還有，別說我沒警告你，他的頭好像被壓扁了……」

柯魯斯往車子跑去，馬尾小姐緊隨其後。

不用往車裏看，光是傳出來濃濃的、帶着鐵鏽般的血腥味，就告知了狀況有多慘烈。柯魯斯打開車門，彷彿有股涼意從裏面吹送出來，吹得他背脊發涼。

*我無法看清楚他的頭，因為我對紅色過敏。*

*他平靜地躺在座椅上，像一個破爛的布偶，從頭到腳沒有任何生命迹象。但是，我可以告訴你，他的心臟還在跳動。*

柯魯斯和那位老兄把司機先生抬進治療室。

「小蔓，」柯魯斯用一大把紗布壓在司機的頭上，血仍汩汩的湧流，「快通知老爹！」

叫小蔓的馬尾小姐匆匆跑到樓上，柯魯斯用繃帶把頭纏了，並且迅速打上兩條靜脈導管；在掛上點滴時，他對一旁看得發楞的那位老兄說：「這是意外吧？麻煩你打個電話，叫王伯過來一下。」

「交通意外。」他點燃了香煙，叼在嘴邊，深深的吸了一口，

「他就是開藍色公車那個老頭。」説完拿起手機撥了通電話。

當提到「開藍色公車那個老頭」時，原本呆坐在牆角邊的馬斯凱，微微抬起頭。

小蔓跑下來時，身後已跟了個步伐蹣跚的老人，「小柯，老爹來了。」

「老爹，」柯魯斯滿頭大汗，「交通意外，頭部外傷。」

老人的個子很小，頭髮已經斑白，雪白的眉毛底下，有一雙既堅毅又溫柔的眼睛。

他一步步走到病人身邊，戴上手套，翻開病人的眼瞼細看，又俐落的從頭到腳給病人做了檢查。

「推進手術室。」老人説完，看了看坐在角落的馬斯凱。

這時，診療所外，王本善匆匆跑進來，「是老張嗎？真的是老張嗎？」

他筆直的站在老張牀邊，一臉茫然。二十年前，老張把藍色公車首次開到九塊厝，他們就已相識；他甚至感覺到他們一起喝的第一瓶啤酒的溫度和味道。一滴醞釀了二十年的淚水，在他眼角簌簌滑下，把他的臉頰裂成兩半。

「小柯，小蔓，快把病人推到手術室去。」老人拍了拍王本善的肩，扶他坐到椅子上。

王本善的目光接觸到馬斯凱。「你這個混蛋！」王本善發狂似的衝到馬斯凱面前：「要不是你，老張就不會連夜趕回去，要不是你，老張就不會碰到這種事……」

馬斯凱一句話也沒説，一如他處理事情的態度，只是冷冷一笑。

「小柯，他是誰？」老人問道。

「他叫馬斯凱，」柯魯斯邊推着病人邊回答：「是老爹你叫他過來的。」

老人再次看了看這個一臉陰鬱的傢伙。

曾經有那麼短暫的一剎那，馬斯凱的眼睛接觸到老人的目光，他低下了頭。

在手術室前面，老人頓了一下，轉過身來對馬斯凱說：「你也進來幫忙吧。」

馬斯凱沒有站起來，他甚至連頭也沒抬起來。

老人輕輕歎了一口氣，逕自往手術室走。

這時，牆角傳來馬斯凱壓低的聲音：「他活不了的。」

老人、柯魯斯、小蔓，還有王本善，頓時全都楞住了，像嚴冬中下了一場雪，一切都因冰封而靜止。

久久，沒人說話。

「不過是救人而已，何必想太多呢？」開口說話的是老爹，「我們沒有權決定他的死活，我們只是做該做的事。」

太多的血腥我已經看膩，那個稱為老張的司機很快就會來找我。牆角的馬斯凱仍然靜靜的坐着，頭靠在牆邊，微微仰起，雙眼看着天花板上的日光燈。

我從不捉摸人心，因為人心比大海裏的魚更難捉摸。

混沌而悵然，我發現這一雙眼睛比我看過任何一個靈魂的眼睛還要空洞。

## 老爹的二三事

智慧滋養出他頭頂上的絲絲白髮，他話很少，然而，每次講的，總是有那麼一點道理。偶爾老爹會喝一點酒，但不至於醉，然後，他會望着診療所前面的海，吹起那支黃澄澄的銅製口琴。

六十五個寒暑過去了，他把後面十五年的青春，留給了九塊厝。

大體上我對他的看法還算正面，只有他老是和我作對這一項，我始終不以為然。在披着白袍的歲月裏，他曾經多次把已經站在我身邊的靈魂喚回去。

手術室內沒有想像中的混亂。

在各種監測器的叫聲中，混雜着沉沉的呼吸聲，充滿節奏的此起彼落。

一個老傢伙坐在麻醉機前，臉上布滿老人斑，他明年才到六十，但樣子看上去卻比老爹還要蒼老。

「老鬼，病人沒了心跳。」老爹輕描淡寫的說。

「你少唬我，我眼睛在睡覺，耳朵可沒閒着，」老鬼依舊頭歪歪的撐着腮子，「你最好把注意力放在手術上，病人心跳沒了我會通知你。」

柯魯斯額上涔涔的冒着汗，他一手握着手搖骨鑽，吃力的搖着，企圖在頭顱上打個洞，然後把碎裂的頭殼掀開。

「你到底吃了飯沒有？」老爹碎碎的唸着，「你要是鋸不來，就叫小蔓替你。」

小蔓抽吸着傷口滲出來的血，吃吃的笑：「難道，我們偉大的湯姆．柯魯斯就只有這一點能耐嗎？」

柯魯斯的手愈搖愈快，氣有點喘的説：「你們別想用激將法，我從來不受這一套。」話雖如此，他的手仍以每分鐘二百下的轉速拚命搖着。

「小子，這次我真的沒唬你，」老鬼抬起頭看着監測器，「你若不快點把這塊爛骨頭拿起來，病人就完蛋了。」

柯魯斯的手愈搖愈快，可碎裂的頭殼除了搖搖晃晃外就是拿不起來。

「心跳只剩下四十。」

「讓我來吧。」老爹説完，準備搶去柯魯斯的手搖骨鑽。

這時，手術室的門悄悄打開，馬斯凱刷好了手，筆直的站在門口。

「小柯，你下去休息一會，讓馬醫師上來。」

「老爹！」柯魯斯像不滿的猴子吼着。

馬斯凱套上了隔離衣，站在手術牀邊，看着柯魯斯説：「看你這副模樣，如果不行的話，就閃到一邊去。」

「什麼？」柯魯斯像大狗被踩到尾巴般跳了起來。馬斯凱不再理會他，一手奪去手搖骨鑽。

「你不是説他救不了嗎？」

馬斯凱一貫的笑着，口罩底下，如果你看到的話，他翹起的嘴角流露出陣陣的邪惡。

「你説得對，」他雙眼直直的看着老爹，「我只是做我該做的事，其餘的，包括他的死活，與我無關。」語畢，馬斯凱低下頭使勁的搖着鑽子，彷彿獅子在啃噬獵物般瘋狂。

除了我，老爹好像也注意到了，馬斯凱那雙失神的眼眸，混沌中透出一絲絲的亮光。

柯魯斯，他鑽不開這個頭殼。

馬斯凱，他能鑽開這個頭殼，卻不曉得為什麼要鑽開。至少，此時此刻，他不曉得鑽開頭殼的意義。

但是，我相信，一切已準備就緒，開竅這回事需要一點點的機緣，尤如大豆在春雨後萌芽，一旦茁壯成長，誓必能撥開重重雲霧，看到璀璨的曙光。

# 2

春末，第一場梅雨

# 神犬斯巴達

在這個沒有電腦網路，甚至手機訊號也只能勉強收到的窮鄉僻壤，馬斯凱待了下來，而且一待就是三個星期。

也許你認為是九塊厝的寧靜和樸實把他留下來，我大可老實的告訴你，這傢伙的心打從出娘胎起就注入了防腐劑，裹上了保鮮膜，毫無感情可言。雖說九塊厝總是淡淡的海風環繞、純純的稻米飄香，椰樹，夕陽，馬斯凱壓根兒不把它當一回事。

這三個星期裏，他連半步也沒踏出過診療所。

偶爾我會站在牆角邊，注視牀上的馬斯凱。

他雙手墊在頭下，仰望水漬斑駁的天花板；除眼神空洞，還帶着難以言喻的驚慌。

類似的神情，我曾多次在漫天烽火下的孩童眼睛裏見過，卻沒有一個像他那樣，如此隱晦，又如此焦慮。

有時他會坐在牀沿，雙手抱着頭，一動不動的像一尊石像，時間久得連我也懷疑他還有沒有呼吸。

「馬醫師，吃飯了。」時間到了，小蔓會來敲門。

馬斯凱從來沒有應過一聲，診療所二樓的飯廳裏，他的位子始終是空的。

一開始老爹還會吩咐柯魯斯把馬斯凱叫出來，但吃過好幾回閉門羹之後，柯魯斯就索性不理會他。到後來，小蔓依從老爹的吩咐，按時把餐點放到他房門口。

有時柯魯斯會看不過眼，故意扯着嗓門，「混蛋」、「混蛋」的嚷，「睡吧睡吧，睡死你這個混蛋！」

但他們全都錯了。每一個晚上，馬斯凱幾乎都是失眠到天亮。

## 老鼠人

四月的九塊厝下起春末夏初第一場梅雨。雨淅淅瀝瀝的打在紅屋瓦上，順着房檐滴滴答答的落到屋邊的水溝。早上的溫度驟降，水氣在空氣中結了晶，白茫茫的霧籠罩了九塊厝；若從山上往下俯瞰，這個被咬了一口的甜甜圈，已然成了可愛的冰淇淋新地。

除了雨聲，診療所內依稀聽到從岸邊傳過來的海潮聲，除此之外，一切安靜如畫。

生活的步伐，如時鐘的齒輪慢慢滾動着，規矩而一絲不苟。診療所內老爹握着聽診器輕輕放在病人的胸前，目光依舊溫柔；小蔓慢條斯理的整理病歷；餐桌上馬斯凱的座位，依舊是空的。

柯魯斯在一旁替病人抽血，額頭上涔涔的冒着汗，這已經是他在病人手臂上扎的第四針，針筒仍然是空的，被扎的病人早已目露兇光，一臉殺氣，第五針要是再打不準，看來病人可能會把柯魯斯碎屍萬段。

診療所外傳來重型機車疾駛的引擎聲。

老爹在病歷上寫下處方。

柯魯斯咕嚕一聲嚥下口水，往病人手臂扎下第五針，病人的臉色早已鐵青，頭上冒的汗珠比柯魯斯的還多。終於，一股紅色血液泉湧進了針筒，柯魯斯感動得幾乎哭了出來，病人鬆一口氣，以為整個早上的凌遲要畫上句號了。

突然，「啪」的一聲，診間的門被一腳踹開，大夥不約而同往門外看。

柯魯斯的手隨着「啪」的聲響抖了一下，針偏了，針筒內的血還不到 1c.c.。

病人差點昏了過去，柯魯斯的眼淚也幾乎要掉了下來。

「誰是醫生？」一個頭殼尖尖小小、個子卻如松樹般魁梧的大塊頭站在入口處。「醫生都死到哪去了？」他繼續大吼。

柯魯斯把可憐的病人扶起來，用酒精棉球壓着下針的地方。

「怎樣？」他氣憤的站起來，「老師沒教你開門前要敲門嗎？」

「怎樣？」要不是大塊頭的頭顱長得像老鼠，他高出柯魯斯可不止一個頭了。「你就是醫生嗎？」

「怎樣？」柯魯斯往前走了一步，挺直胸膛：「長得帥不能當醫生嗎？」

老鼠人齜了牙陰沉沉的笑着。「你相不相信，」老鼠人把聲音壓得低低的，「我現在就可以把你的屁股打爛。」

「柯魯斯，住嘴！」小蔓拉住他的衣角要他坐下。

「你想怎樣？」一直默不作聲的老爹終於開口了，「在這裏大吵大嚷會嚇壞我的病人。」

大塊頭撅起尖尖的嘴巴笑着，像一隻狡猾的老鼠，他舉起右手，在被扯破的黑色夾克底下，滲着暗黑色的血水。

老爹皺了皺眉說：「小柯，把他帶到手術室，看看發生什麼事。」然後轉過頭向小蔓輕聲說：「你也過去看一下，記得，千萬別讓他們打起來。」

老鼠人不情願地躺在手術牀上，柯魯斯拖拖拉拉不肯戴上手套，時間一分一秒過去，無辜的紅血球在手術牀的白布單上壯烈犧牲，兩個人始終嚴陣以待、各不相讓。老鼠人眼睛瞇得細細，直勾勾瞪着柯魯斯。柯魯斯手中拿着一把大剪刀，眼睛睜得大大的回敬老鼠人。

情境就是：病人想揍醫師，醫師想殺病人。

「喂，你們有完沒完？動手吧。」小蔓推了推柯魯斯。

他「哼」了一聲，用剪刀將老鼠人的夾克剪開，呈現眼前的是一個稀巴爛的傷口，皮已掉了一塊，零零碎碎的肌肉上，有幾個清晰的牙齒咬痕。

「嗨，老兄，」柯魯斯有點幸災樂禍地説：「你剛才不是和人狼幹了一架吧？」

「這不關你的事。」老鼠人輕蔑的瞄了他一眼。

「小蔓啊，」柯魯斯愈講愈起勁，「以後月圓之夜叫大家可要提防提防。」

「你再説我就幹掉你。」

柯魯斯把傷口清理乾淨，然後纏上繃帶。「想幹掉我就趁快，要不然等這個傷口感染化膿潰爛，你的辮子翹起來[①]之後就沒這個機會了。」

「你找死！」老鼠人早已按捺不住。

「你們要麼就實實在在互幹一場，要麼就趕快替這傷口做一個了結。」小蔓站在他們中間，最後還補上一句：「囉囉嗦嗦的像什麼男人？」

老鼠人看了看小蔓，嘴角揚起邪惡的微笑。

突然，他從手術牀上彈起，一記大大的拳頭就打在柯魯斯的臉上。

柯魯斯應聲倒地，小蔓趕緊扶起他來：「怎樣？有沒有事？」

「這一拳真的要謝謝你噢。」柯魯斯摸了摸紅腫的臉，嚐到口腔內鮮血的味道，他立刻撲到老鼠人身上，兩個人扭打成一團。手術器械乒乒乓乓全掉在地上，從手術牀上打到手術牀下，兩個人像一團雪球在地上滾來滾去。

小蔓看傻了眼，後悔不應該在兩桶火藥間煽風點火，她連忙跑出去找老爹。

論身材，柯魯斯輸了一大截；論經驗，除了鬥嘴，他哪有什麼經驗？這是一場還未打就知道結果的戰爭。

等老爹和一大夥人趕過來時，柯魯斯已經躺在地上，鼻青臉腫。

「夠了！」老爹板起臉孔說：「傷口已經替你處理好，現在請你離開。」

老鼠人站起來，拍了拍夾克上的灰塵，看了地上的柯魯斯一眼，放聲大笑，揚長而去。

小蔓把柯魯斯扶起來，「你看起來好淒慘啊。」

老爹不禁搖搖頭。

「謝謝你們了。」柯魯斯說完，把視線移到手術室的入口，不曉得打從何時馬斯凱已經站在那裏，雙手交疊放在胸前。「喂，混蛋，我要加倍的謝謝你啊，謝謝你剛才一直袖手旁觀。」

馬斯凱淡淡的說：「我真弄不清你到底是勇敢還是笨？」

老爹走過去拍一拍馬斯凱的肩膀，說：「如何？外面的空氣比較新鮮吧？」

「感謝你呢，」小蔓拿着紗布替柯魯斯拭擦臉說：「用鮮血喚醒了我們這位沉睡的朋友。」

不是只有首個踏上月球的太空人才有「一小步」，每一個人都有他的「一小步」，而且那往往是他人生的「一大步」。第三個星期的頭一天，馬斯凱終於從房間踏出他的「一小步」。

## 神犬斯巴達

依舊是灰濛濛的日子，天空上厚厚的雲層，不允許一絲光線透入，叫人不禁懷疑太陽是否已經死了。

自從柯魯斯被老鼠人狠狠揍了一頓之後，他再也說不出一句像樣的話，他的嘴腫得即使拚命張到最大，也只能含住一粒葡萄。

馬斯凱暫時頂替他的工作。自從他在餐桌上和大夥吃了一頓晚飯之後，開始做起雜事來，抽血、打針，老爹忙個不停時，他也會幫忙看診。但大部分時間，他還是躲在寢室，躺在牀上看他的天花板。他很少說話，沉默成了他最慣用的表達方式，即使看診也懶得和病人多說幾句。他看病的模式可以簡單分解成三個步驟——

一、讓病人嘰哩呱啦地講，時間限定一分鐘；

二、在病歷上寫上處方，時間不超過三十秒；

三、按下桌面左上角的鈕，診間外的數字會跳到下一個號碼，他則一聲不響的坐着，讓進來的病人把眼前的病人趕走。

這一天，早上七點未到，雨一直沒停過，讓人想不透到底哪來這麼多雨水？雨水和寒冷沒什麼阻嚇力，診療所外的走廊早已排了一條長長的人龍。

到了八點鐘，診療所的人多得只能用萬頭攢動來形容。

隊伍裏，拖着兩行黃鼻涕的小弟弟不斷哭鬧，兩個婦人爭吵到底誰先到，酒精性胰臟炎的男人有的沒的叫嚷着，一大早診療所已然像個街市。

馬斯凱坐在掛號櫃枱後發呆，小蔓則忙着給病人登記掛號。

「這東西怎會在這裏呢？」人羣中出現小小的騷動，「護士小姐啊，醫院不是嚴禁寵物進入的嗎？」

小蔓抬起頭，看到一條老狗正卡在隊伍裏。

小蔓興奮的叫起來，「是斯巴達喲。」她離開櫃枱，向後面恍恍惚惚的馬斯凱說：「馬醫師，可以麻煩你替我做一會登記嗎？我很快就回來。」說完就朝着那條老狗走去。

「斯巴達，怎麼這麼久沒來？你來給山本老伯掛號嗎？」小蔓說着，抱着斯巴達的脖子，不斷搓揉牠頭上酥鬆的毛髮。

馬斯凱邊登記，邊看着小蔓和那條狗。

真是一條名副其實的老狗，有十歲吧，還是十五歲？看上去有點像拳師犬和德國狼犬的混種，黃褐色的毛髮，兩片尖尖的耳朵垂在後腦杓，牠的皮毛已經出現一圈圈的皺折；牠抿了嘴，用一雙沒神的眼眸看着小蔓，好像是在回應小蔓的熱情似的，牠吠了兩聲，然後又回到前腿挺直、正襟危坐的姿式。雖然年事已高，壯碩的體格和非凡的氣宇，從來沒有辜負牠體內流着的鬥犬血液。

排在斯巴達後面的歐巴桑說：「護士小姐，醫院溜進一條狗，這樣很不衛生吧？」

「我們醫院就只允許這隻狗進來。」小蔓告訴她。

「如果這隻髒狗可以進來，」歐巴桑看似不服氣的說：「我們家的雞啊貓啊狗啊是不是也可以進來？」

小蔓蹲下來摸摸斯巴達的脖子。

「如果你家的雞啊貓啊狗啊也會替你排隊掛號的話，」小蔓搖一搖斯巴達脖子上掛着的山本先生的身分證和健保卡說：「我當然也會允許牠們進來。」

馬斯凱看着，他笑了，原來這是一隻老掉牙的忠狗呢。

輪到斯巴達時，牠抬起頭來看看小蔓，又看看馬斯凱，把他由頭到腳打量一番，好像對這個新來的陌生人滿是好奇。

小蔓取下牠脖子上的身分證和健保卡：「斯巴達，這樣就可以了，」她指着診療所東邊的側門說：「這兩張卡我先替你保管，你到那邊等山本伯伯吧。」

也不曉得這隻老狗聽懂了沒有，牠左右甩了甩頭，拖着壯碩的身體懶洋洋的走到門邊。

牠舒服的趴在地板上，下巴墊着門檻，濕潤的鼻尖朝着遠方海與天交會的地平線，烏雲漸漸散去，太陽光映照在牠黃褐色的皮毛上，牠注視着前方柔柔的太陽，布滿皺折的臉像在微笑。

又一個星期過去，雨還下着，一下就是七天。西側的山麓籠罩在一片沉沉的墨綠裏，要不是鐘錶上的指針明確指着正午十二點，你也許會誤以為九塊厝忽然掉進冬天的黃昏。

柯魯斯的嘴已經可以放得下一隻滷蛋。

這個早上，老爹在牆上的日曆前站了一會，然後走到馬斯凱的房門前，他敲了一下，沒有任何的回應，正常現象。

「小馬啊，」老爹說：「你給山本先生看過診，不如走一趟，看山本先生的病好了一些沒有？」

還是一樣的安靜，釋懷的面對這個「沉默的房間」，已然成了診療所上下的共識。老爹沒再說什麼，他悄悄離開，他知道，馬斯凱是不會有異議的。

## 美麗的時刻上集

沒完沒了的雨將這塊土地上的色彩洗滌殆盡，徒留分明的灰色。

烏黑的天空下，馬斯凱打一把黑色雨傘，走在碎石子鋪陳的小徑上。兩旁鵝卵石堆砌而成的圍牆，把家家戶戶像方格子似的隔開。沿着小徑，兩旁綿延的綠色草地上一簇簇野生波斯菊，即使在漫漫的雨季裏，紫色的花瓣仍然艷麗綻放。

空氣中滲滿了雨水的潮濕和植物的芬芳，古老的石牆經雨水的洗刷，呈現出濃濃的赭紅色，石牆後面是一幢幢日治時期留下的房舍，可以看到小小的方格窗櫺裏流泄出來淡淡的黃色燈火，以及木造屋脊上飄着的裊裊炊煙。

這是馬斯凱到九塊厝以來，離診療所最遠的一次。握在手中的是柯魯斯給他畫的一張地圖，他做夢也沒想到，這一張畫得奇醜無比的地圖，竟引領他來到一個如此美麗的地方。

大約走了三公里，馬斯凱停在一堵矮矮的石牆前，他看了看上面釘着的一塊綠色小鐵牌，寫着：九塊厝平海路三號。入口處有一道小小的鐵門，沒有門鈴。

「山本先生在家嗎？」馬斯凱在門外大喊。

跟他的「沉默的房間」一樣，沒有回應。

鐵門虛掩，馬斯凱推了一下，走進圍牆裏。

圍牆內是一個十坪大的庭院，左邊堆起小土丘，種滿了茄子和油菜花，右邊種了一棵樟樹，茂密的枝椏遮去了房子大半個屋簷；樹的周圍是一叢五顏六色的花圃，一盆又一盆的蘭花用鐵絲鉤住，由樹上纍纍垂下。

一幢木造的老房子坐落在庭院裏，房子顯得很小巧，像個嬰兒似的被這片綠色的庭院團團抱住。一條石頭鋪設的小路通到房子門口，房子前有一條短短的迴廊，大門則是牽動式的，窗戶透出柔和的燈光。

「山本先生在家嗎？」馬斯凱再喊一次。

突然，他兩腿一陣刺痛，「哇啦！」他驚慌得往後退了幾步。

等他回過神來，兩隻大灰鵝已伸長了翅膀大剌剌的擋在前面，牠們張着又扁又長的喙「呷呷呷」的叫着，黑白色的長脖子往前伸，頭上黑得發亮的瘤冠就像兩尊大炮對着馬斯凱。

兩隻大灰鵝不斷往前逼近，馬斯凱像受驚的小白兔節節後退，直退到鐵門外，大灰鵝才停止攻擊，但仍伸着翅、張着喙，焦躁的叫個不停。

平生第一次，他發現世界上原來有這麼可怕的鳥類。

「看看是誰來了？」老房子的門被輕輕拉開，傴僂的山本老伯站在門邊，斯巴達則依舊一副睡眼惺忪的站在他身旁。

兩隻大灰鵝看一下山本老伯，彷彿在問：「可以攻擊了嗎？」

「如果我沒記錯的話，你是馬醫師吧？」山本老伯笑得慈祥又開懷，「外面冷呢，進來坐，我給你泡茶。」

馬斯凱看着兩隻鵝，尷尬的站着，進是難，退也不是。

「沒關係的，進來吧，斯巴達會給你開路。」

老狗似聽懂人話，蹣跚的走到門外，朝兩隻鵝吠了兩聲，牠們像訓練有素，擺着大屁股後退，很快就隱身花圃後。

斯巴達看着呆立不動的馬斯凱，好像在說：「進來吧，我不會咬你的。」

馬斯凱一邊往內走，一邊不斷往花圃看，說也奇怪，兩隻大灰鵝沒有再出來了。

「放心好了，愛因和斯坦不會再擋你的路。」山本老伯走出來牽着馬斯凱的手。

「愛因、斯坦？」

「呵呵，就是那兩隻鵝，雌的叫愛因，雄的叫斯坦。」山本老伯把馬斯凱帶到屋內，「你不要怪牠們，牠們的職責就是看管這個家，自從斯巴達的視力變得像我一樣糟糕後，牠們對這份看守工作就樂此不疲，除了斯巴達，連我也管不住牠們了。」

「愛因斯坦負責看家，斯巴達看管愛因斯坦，而這個家最沒用的就是我這個老頭了。就像前陣子嘛，有個小混混偷進來，別看愛因斯坦兇巴巴亂叫，其實是空炮彈，小混混一腳兩腳，像踢包子般把牠們踢到草堆裏去，最後還是斯巴達奮不顧身往前衝，往小混混的手咬了一口，這個家才保得住。」

斯巴達趴在大門邊，側了頭看着門外。自從牠的四個膝蓋都得了退化性骨關節炎後，牠老是如此，門內這個小小的方格儼然成了牠的專屬領域，從早到晚牠一直趴在這裏，看愛因斯坦胡鬧，看四季更迭，看花開花落。

山本老伯溫柔的摸了摸斯巴達的頭，說：「即使牠老得只剩下一顆牙，牠仍然是個鬥士呢。」

屋內面積不大，是日式的布置，牆上掛着一幅一幅字畫和明治時期的浮世繪，小小的客廳擺着沙發椅；前面有一個老得發黑的壁櫃，裏面放了幾張泛黃的照片、一些陶瓷飾物，還有一台小小的電視機，旁邊的小几上有一盞黃色的小燈，窗台上放滿了花草盆栽。

「馬醫師，你來找我有事嗎？」

「老爹叫我來看看山本先生，問你的感冒好了沒有？」

「好多了，真是謝謝你，你開的藥真管用。」山本老伯說着，忙請馬斯凱坐下。

「不用謝，沒事的話我要回去了。」

「既然來到就坐一會吧，當陪陪我這個孤獨的老人，我去泡壺茶，很快就回來。」山本老伯說完就走進廚房。

馬斯凱環顧四周，不知不覺間他走到發黑的壁櫃前，木板上層層的紋路散發出一股連時間也忘記了的味道，彷彿在告訴大家，它比陳舊的歷史課本還要充滿故事。最中間的格子像個壁龕，放着一張黑白照片，一個端莊的女生微微笑着，照片旁邊有一個小巧的青花瓷瓶，插着一朵盛開的白色海芋。

「她是內人。」山本老伯端着一個紫沙壺站在他後面。

馬斯凱怔了怔說：「對不起，沒經你同意……」

「沒關係。」老伯笑着說：「我想她也樂得有人來看她。我太太兩年前過世了。」

「對不起……」

「別老說對不起，」老伯輕輕拉着馬斯凱的手說：「來，坐下來喝杯茶。」

山本老伯彎了腰給馬斯凱倒茶，馬斯凱從這位長者飽滿的額頭上一圈圈的皺紋，彷彿看到時光的流動。

「聽說你從台北來？」

馬斯凱點頭，已經想不起自己怎麼會來到這裏，台北是個在台灣地圖上叫人提不起勁的名字。一個月前他還在台北的醫學中心裏，穿着白色長袍，領着一隊住院醫師、實習醫師，鏗鏘神氣的走在光亮的大理石地板上；每天看診開刀，罵病人蠢，罵醫師笨，抱怨像空氣一樣成了他生命不可或缺的部分。他像一個白色巨人站在醫院的頂端，然而，在那個連一朵像樣的玫瑰也長不出來的城市裏，心裏頭的他卻被擠壓得像一個灰色的侏儒。

「台北很繁華吧？」

台北很繁華嗎？他也曾經迷戀着台北的繁華，卻在彩色的霓虹燈下不知不覺地淪落，生活可以很進步、很繁華，然而，進步和繁華不一定就是生活。

馬斯凱說：「老伯去過台北嗎？」

「台北？我想不起來了，現在我的頭殼就像過期的橘子般，皮看起來還算不賴，裏頭卻乾癟得只剩一丁點的渣了。」老伯笑着說：「我這輩子就像在旅行，每一處都留下了我的歲月和足迹，曾經我在一望無際的黃漠中痴痴的看着天上皎潔的月，也曾經在熱帶雨林巨大的芋葉下躲着傾盆的雨，我到過許多地方啊，如今僅存在記憶中的就只剩下兩個了。」

「哪兩個？」

「那個生我養我的故鄉和我即將長眠的地方。」

山本老伯說着，又給馬斯凱倒了杯茶。

「我出生於日本，二次大戰時被徵派到東南亞去，那真是一場可怕的戰爭。戰爭中段我申請來台灣教書，在這裏認識了我太太，我們很快就結婚。戰爭結束後，我告訴她我要回日本，她沒說過一句話。我將要離開的那個晚上，她坐在牀沿，背對着我；她喜歡將黑亮的頭髮束成一個小髻，我永遠也忘不了，她默默替我打點着，把我的衣物堆疊整齊放進皮箱。她知道這一別，我們這輩子也許不再相聚，不過她的動作依然那麼細膩，慢條斯理得好像不過是為暫時出遠門的丈夫準備行李。那個晚上，我們整夜沒睡，就像一對初戀小情人嘻嘻哈哈的聊到天亮，她開心的笑着。直到牆上的老時鐘敲了六下。我站起來告訴她我要走了，她從容的拿起西裝替我穿上，又結好領帶，還為我披上一件深藍色外套。她在皮箱內的衣服上擺了一支海芋，那是我送給她的第一朵花。出了門，她走在前頭，步履聲音都很鎮靜，直到要拐進碼頭的入口，她突然轉身拉住我，她的手冰冷，還微微的抖着，聲音悽悽的叮嚀說，路上要小心，不用記掛我……我們手牽手站在人潮洶湧的碼頭邊，日本軍隊列成一團一師的走上船，我將要隨他們回到祖國的懷抱。然而，我卻要離開最心愛的人。」

山本老伯話語之間開始夾雜着急促的喘息，他稍停一會，然後再緩緩的説：「輪船快要離港的一刻，我從甲板上跑下來，緊抱着她，她早已淚流滿面。我像擁抱着自己的生命一樣，直到現在，我仍然可以感覺到她的體溫、她含着淚水，微微顫抖的問我：『你的祖國呢、你的故鄉怎麼辦？』我把額頭貼住她的額頭說：『接納我生命的地方，就是故鄉。』我的祖國是日本，但台灣給了我生命，我的故鄉在這裏。」

老伯低下頭，沒再説下去。

「謝謝你告訴我這個故事。」馬斯凱雙手捧着溫熱的杯子，心裏充滿了前所未有的溫暖。

「謝謝你耐心聽完一個老傢伙的嘮叨。」山本老伯說：「如今我的人生就只剩下這一個家，一條狗，兩隻鵝，還有滿滿的回憶。」説到這裏，山本老伯就像相聲演員完成一齣漂亮的段子，結束時滿足的笑着，準備下台鞠躬。

馬斯凱站起來，握着老伯的手說：「我會把山本先生的故事放在腦子裏，這輩子也不會忘記。」

老伯把馬斯凱送到門外，雨已經停了。

「我可以拜託你一件事嗎？」

「山本先生，有什麼事我可以幫忙的？」

「麻煩你帶斯巴達到海邊散散步，可以嗎？」老伯回頭看着趴在門邊的斯巴達説：「我以前常帶牠去那裏，牠最喜歡趴在沙地上看海，可是現在我已經走不動了。」

馬斯凱點頭，老伯瞇起眼睛笑得很開懷，並喊了一聲：「走吧，斯巴達！」

老狗抬起了頭，老態龍鍾的走到馬斯凱腳跟邊。

「斯巴達，我們要走啦。」馬斯凱拍拍牠的背。

老狗用無神的眼睛瞪他，接着對空吠了兩聲。

馬斯凱看着眼前的一朵花一條草，一忽兒滿載了生命和故事；一個親切的老頭，一隻一天到晚打盹的老狗，兩隻恐怖的鵝，一間滿載回憶的老房子，還有相片中那個美麗端莊的小姑娘。

「接納你生命的地方，就是故鄉。」

第一次，在他的生命裏，他用一雙赤裸裸的眼睛看這個世界，如此單純，竟也如此美麗。

他向山本老伯鞠躬後，牽着慢吞吞的斯巴達走向海灘的那一頭。

## 勇哉！斯巴達！

從此以後，每一個黃昏，馬斯凱下班以後就牽着斯巴達往海邊走。這些日子，他在診療所的工作熱情仍然停留在冰點以下，就像火車上的收票員，收一張票打一個洞。

惟有依在斯巴達身旁，看着夕陽西下的那一刻，他才稍微感覺到生命的脈動。

他很少和斯巴達説上一句。他曾經開口問牠：「在這裏待了一輩了，你不會無聊嗎？」

也許是慵懶，也許是不屑，斯巴達始終趴在礁岩上，連頭一動也不動，只用眼角餘光瞄一瞄馬斯凱，彷彿在説：「只有最無聊的人才會問這種問題吧。」

天色轉為晦暗，直到最後一線亮光被海水淹沒，無盡的黑夜吞噬了他們的身影，這個時候，眼睛無法看見，只有斯巴達才嗅得出來，那一絲絲掛在馬斯凱臉上的落寞。

那些千篇一律的晚上，馬斯凱躺在牀上乾瞪着天花板。

一隻蚊子嗡嗡的在他頭上盤旋，由始至終都沒有停下來的意思，牠大概是認為這塊石頭不能吸吮出血吧。

他覺得很累，不是體力上的累，而是徹徹底底的無力感，雖然他仍然感覺到心臟跳動的力量，卻絲毫察覺不出血液的流動，每一條血管就像冒着瘴氣的沼澤一樣，發出陣陣惡臭。

連那隻惹人厭的蚊子也飛走了，馬斯凱在無盡的空虛裏載浮載沉的睡去。

醒來時，他頭一陣劇烈的痛，窗外的風呼呼的吹，還下起滂沱大雨，四月竟然殘留着冬天的寒意。牆上的時鐘告訴他根本連一個小時也沒睡到，好像有某個聲音把他吵醒，儘管如此，他感謝這個聲音，把他從無窮無盡的惡夢中拯救出來。

他雙手蒙住臉，拭去額上的汗珠，耳朵聽到的聲音漸漸變得清晰。

是敲門聲，急促的敲門聲。

馬斯凱霍地起來，一股說不出的寒意從水泥地板透進赤裸的腳掌。他打開房門，沿着走廊走到樓梯旁，最後按了牆上的電燈開關。

敲門聲愈來愈急促，像瀕死病人卜咚、卜咚顫動的心跳。

「誰呀？」柯魯斯也醒過來了。小蔓披着一件米色棉袍隨後。

馬斯凱迅速走下樓梯，柯魯斯和小蔓在後面。

打開厚重的木門，門外是一個被雨淋得一身濕濡的駝背老人，他的眼眶泛紅，眼睛布滿血絲，分不出臉上淌着的到底是雨水還是淚水。

在微弱燈光映照下，馬斯凱叫嚷：「山本老伯，是你嗎？」

山本先生站在滂沱大雨中，口中傳來哽咽的啜泣，斯巴達躺在他弱小的臂彎裏。他抵住每一個因發炎而疼痛不已的關節，抱着比他重上一倍的斯巴達，跑了三公里的山路來到這裏。他已經沒有力氣說出一句話。

血液從斯巴達的身體流下，混着雨水，把暗灰色的水泥地板染成一片朱紅。

**愛因斯坦的回憶**

愛因：「想不到那個混蛋竟敢再來我們家偷東西！」

斯坦：「當初我想也沒想就向那個兔崽子撲過去，卻被他一拳打回來。」

愛因：「兔崽子嗎？我倒覺得那個混蛋像老鼠。再說，你不是被拳頭打的，你是被踢的，看你臉上那個鞋印！」

斯坦：「你這麼神氣，你倒說說當時在做什麼？」

愛因：「聰明的人都會等待機會，我在計算他的弱點，準備最致命的一擊。」

斯坦：「結果呢？」

愛因：「他的弱點正好落在我脖子仰角 32.5 度的地方。」

斯坦：「可是我不記得你作過什麼攻擊啊？」

愛因：「因為在最關節眼時有個笨蛋衝了過來壞了大事。」

斯坦：「你指斯巴達嗎？」

愛因：「要不然你以為牠肚子上那個刀刺窟窿是怎樣來的？」

馬斯凱趕緊從山本先生手中接過斯巴達，小蔓則把山本先生扶到治療室外的座椅上，給他披上了厚厚的被子。

「還有體溫……」他轉身跑進手術室，把斯巴達放在手術牀上，一灘暗紅色的血液頓時沾滿了他的上衣。

「傷口呢？傷口在哪？」

柯魯斯連忙拿來一塊白色布單，把斯巴達身上的血水和雨水擦掉，剛被拭乾的身體很快又被血液佔據，在手術的圓形探燈下，牠的肚子上下起伏着。

「紗布呢？快給我紗布。」馬斯凱吆喝着，近乎歇斯底里。

斯巴達腹部左側有一道五厘米的刺傷，黏稠的血液像熔岩，不斷湧出。柯魯斯拿來了紗布，馬斯凱一把壓在傷口上。轉眼間，白色的紗布染成殷紅，血在馬斯凱指間流。

馬斯凱的額頭滲滿了汗珠，暗忖：「天啊，怎麼辦？我該怎麼辦？」

是我聽錯了嗎？馬斯凱當醫師以來從沒在病人面前喊過：「我該怎麼辦？」如果狗也算是病人的話。

「老鬼今晚在診療所值班嗎？小蔓，把他叫回來，我需要麻醉，我要開刀。」馬斯凱轉身向着小蔓和柯魯斯，他臉上的表情，就像小孩子不小心把冰淇淋掉在地上一般驚慌失措，「小柯，用力壓住這裏。」他抓着柯魯斯的手壓在斯巴達肚子的紗布上，接着用刮鬍刀把斯巴達大腿上的毛剃掉，插一條粗粗的靜脈導管，掛上一瓶生理鹽水。

「開什麼玩笑？」老鬼的聲音從手術室外傳來，還帶着濃濃的睡意，「這裏可不是獸醫院，怎可以替狗開刀呢？」

小蔓拖着不甘不願的老鬼走進手術室，「是人是狗都是生命，斯巴達你也認識的，你就行行好吧。」

老鬼走近手術台，瞄一瞄那隻狗，蹙着眉頭說：「不行！除非老爹答應，要不然打死我也不幹。」

柯魯斯大聲說：「你未睡醒嗎？老爹他人在台北，你如何叫他答應？」

「這就不是我的問題了……」老鬼話沒說完就被馬斯凱一把捉住領口，硬生生的給壓到牆上，他嘴裏那個「了」字在治療室內盪着長長的尾音。

「你真的是『打死也不幹』嗎？」馬斯凱把老鬼挨着牆高高舉起來，一副僵硬而猙獰的表情，「打死你我一點也不在乎。」

咕嚕——老鬼吞下口水，聲音大得連外面的山本先生都聽得到。

「生命誠可貴嘛，」老鬼又咕嚕的嚥下第二口口水，輕輕的拍一下馬斯凱粗壯的手臂，然後拍着胸膛，斬釘截鐵地說：「畜牲也是一條命，別說狗這麼高貴的動物，即使現在躺着的是隻蟑螂，我也替你麻。」

柯魯斯在小蔓的耳邊，輕蔑的說：「這老頭再年輕六十歲，肯定是個漢奸。」

下刀的一剎那，馬斯凱眼睛一片眩白。「不過是一隻狗而已。」他告訴自己，「就像替病人開刀一樣，是死是活，是病人家的事，我的工作不過是切開和縫合。」

手術牀邊傳來老鬼的笑聲：「哈哈，你們看，原來狗的心跳和人的心跳，波形竟然是一樣的。」全場一陣靜默，柯魯斯和小蔓瞪了他一下，老鬼只好沒趣的低下頭閉上嘴。

刺進去的刀子穿過腹膜，蠕動的腸子泡在血泊裏，馬斯凱翻開腸子，視野卻被不斷湧出來的血液模糊了。

柯魯斯伸進去一塊大紗布把出血的部位壓住。

「喂，別說我沒提醒你們，」老鬼看着麻醉儀器說：「你們再不快點把血止住，這隻老狗就和熱狗就沒什麼兩樣了。」

血像水壩潰了堤似的不斷湧出。

馬斯凱看着自己不斷顫抖的雙手，他有一種近乎缺氧的感覺。

眼前這個生命將要走了，這一點我比誰都清楚，別以我會放過這個卑微的生命，我的工作不允許慈悲。看着馬斯凱，坦白說，我並不在乎他能不能救活這隻狗；我在乎的是，他為何這麼努力要救活這條狗？

「死了又如何？」馬斯凱喃喃的說：「不過是隻狗而已。」

然而，他的手卻比誰都要積極的探着，只要把血止住，斯巴達就會活過來。

——不過是隻狗而已——這個聲音在他腦海中不斷迴繞。

「不是的！」馬斯凱氣吁吁的喘着，「你弄錯了，不是狗的問題，」他大聲的吼着：「這不只是狗的問題！」

柯魯斯和小蔓，連麻醉機前的老鬼都目瞪口呆的看着他。

「小柯，你看這裏，血好像是從這裏出來的。」馬斯凱放開壓住的紗布，血又滲了出來。

「好像是。」

「是下腔靜脈，」馬斯凱興奮的叫起來，「是下腔靜脈！那個混蛋刺破了斯巴達的下腔靜脈！」

「小柯，快，給我止血鉗！」

馬斯凱用止血鉗夾住下腔靜脈的兩段，然後一針一針的把破洞縫合，最後把兩段的止血鉗放開——

「哈哈哈，血止住了！」馬斯凱拍手道，柯魯斯和小蔓也禁不住舉起手臂，又是尖叫，又是吶喊，連老鬼也高興得合起手掌裝着在吹號角。

當麻醉藥力消散，斯巴達的前肢微微動了一下，雖然非常虛弱，卻實實在在的活着。牠睜開了懸垂的眼瞼，不解的瞅着馬斯凱，臉上依舊一副慵懶的表情，彷彿在問：「老兄，你到底在我肚子上搞什麼？」

「馬醫師，」手術後小蔓脱下手套，「你可以過來一下嗎？」

馬斯凱興奮的走前去，小蔓抽出了一張衛生紙，在他右臉頰輕輕拭擦，「你知道嗎？會哭的醫師特別帥喔。」

## 美麗的時刻下集

馬斯凱整個下午都躺在牀上，望着他最鍾愛的天花板。

時鐘在七點正敲響，馬斯凱跳下牀，拿起外套離開診療所。

外面的風微微吹送，四月的雨早已結束，他往夕陽的方向跑去，一路上波斯菊盡情綻放。三千公尺的奔跑，他喘着，直到那熟悉不過的門牌前面。

他沒急着進去，只在門外靜靜的觀望。

星空下，小木屋透出點點的燈光，窗戶內山本先生躺在搖椅上，手上握着一支白色小海芋，睡得好沉。

院子前，斯巴達垂着眼瞼趴在屋簷下，屋內微微的燈光溫暖着牠，兩隻大灰鵝閉着眼睛靠在牠身上。此時此刻，牠是世界上最幸福的老狗。

馬斯凱輕輕帶上門，這個晚上他和牠們不應該被打擾。

我要補充的是，這個晚上馬斯凱睡得很好，眼瞼下兩顆眼球輕輕柔柔的在顫動，嘴角微微仰起，我想他正在做夢，說不定這一次是個美夢。

① 辮子翹起來：指死掉了。

# 3

火紅太陽的燥熱

# 沉睡的海軍上將

救護車像瘋子一樣嘶喊着喉嚨駛進了診療所。

兩個穿着白襯衫黑西褲的救護人員從車上跳下來，喊着：「溺水的！沒心跳了！」

他們從後車廂推出一個上半身赤裸的小伙子，下身一條墨綠色短褲，躺在推牀上，四肢僵硬，指關節痙攣扭曲，臉上身上布滿沙礫，皮膚呈現一種絕望的灰白，雙眼像死魚般混濁。

「急救過沒有？」柯魯斯和小蔓衝了出來。

「誰知道？拖上岸時就沒有生命徵狀。」其中一個救護人員說：「我們在車上一直替他做心外壓，他的心臟也沒跳過一下。」

柯魯斯一手推着牀，一手放在病人的胸膛上用力壓着，推牀就在搖搖晃晃、發出「吱吱嘎嘎」的聲響下被推進了手術室。

手術室的門打開，馬斯凱坐在手術牀邊，正替一個八旬阿嬤處理下巴撕裂的傷。

手術室的空間不大，推牀和阿嬤躺的手術牀並排，柯魯斯叫小蔓接手心臟按壓，他把病人的頭扳直，用手指摳掉填塞在口腔內的沙子，病人的下顎已經僵直，好不容易才把它撬開，插上管子和呼吸器。

那小伙子像鐵了心，一動不動，心電圖上只出現一連串像毛毛蟲蠕動的波形。

「Bosmin（強心劑）1c.c.。」柯魯斯換下小蔓，繼續在病人的胸膛用力地上下按壓。

馬斯凱眼角瞄了一下，吸一吸鼻子，低下頭繼續縫傷口，身旁如火如荼的急救，對他來說不過是一齣倒人胃口的肥皂劇。

汗珠滑過柯魯斯的眼角，他狠狠瞟着馬斯凱：「還說自己是醫生呢！」

馬斯凱把傷口中央的部分打上結，剪掉尼龍線，輕輕把阿嬤的頭推向右邊，準備縫下一針，可是罩在洞巾底下的傷口卻開始不安分的晃動。「阿嬤喔，你這樣叫我怎麼縫呢？」

「醫生啊，他在看着我啊……」阿嬤的聲音哆嗦顫抖，馬斯凱往身旁一看，那小伙子的身體隨着心臟按摩，像揉搓的麪團上下晃動，他的頭已歪到一邊，嘴巴內的管子隨呼吸器嘶嘶叫着，沙子混雜唾液從嘴角流出，一雙翻白的眼眸，視線正好對着阿嬤。

「放心，」馬斯凱拍一拍阿嬤的肩膀，安慰她：「他已經死了。」

「什麼？死了！」阿嬤大叫，整個人彈起來。

柯魯斯瞪着馬斯凱說：「死你的頭！」然後使盡全力往下一壓，隨即傳來兩聲啪啪——肋骨斷裂的聲音。

手術台上立刻傳來「卡卡——」的聲響。

「阿嬤喔，這裏已經夠煩了，你的手別再敲牀了。」馬斯凱說。

「我沒敲啊……」阿嬤說着，聲音裏彷彿掛着淚水。卡卡——

「還說沒敲？」

「醫生啊……我好怕啊……那小弟弟一直瞪着我看……」只見阿嬤宛如掉進北冰洋，全身每一個細胞像早晨的鬧鐘抖個不停，上下兩排牙齒不斷在敲打，卡卡——卡卡——

「吱吱嘎嘎——」旁邊的推牀不斷搖晃。「啪啪」又有兩根肋骨斷了。「卡卡——」小伙子仍瞪着阿嬤，嘴巴還不斷流出沙子。

這時，治療室的門被撞開，一羣血氣方剛的小伙子闖進來，每個人都只穿着小短褲，頭髮比調色盤還要精彩，隨後是兩、三個穿比堅尼的辣妹。

「阿洪他怎樣了？」其中一個長得像阿諾舒華辛力加的平頭高個子大聲問：「醒來沒有？」

馬斯凱微微一笑，鼻子輕蔑的哼了一聲。

柯魯斯雙手繼續在病人的胸膛上努力，不耐煩的說：「正在急救，統統給我出去！」

高個子像是沒聽懂，跑到推牀邊，緊緊握着阿洪蒼白的手，後面的幾個辣妹開始放聲大哭。

阿洪的手突然抽筋似的抖了一下，高個子瘋了似的大喊：「他沒死，哈哈，他沒死啊！」

辣妹配合劇情發展，由痛哭變成尖叫，治療室像墾丁的搖滾音樂會一般，尖叫聲此起彼落。

馬斯凱瞪着他們說：「別大呼小叫，這裏可是醫院。」

高個子回瞪他一下，轉過身來向柯魯斯說：「他還好吧？你們趕緊替他安排轉院，這種急症小醫院是處理不來的。」

柯魯斯看着身邊的儀器，阿洪的心電圖平得跟水平儀一樣。

「直到現在他都沒有心跳，」柯魯斯一邊做心臟按摩，一邊氣喘吁吁說：「若心電圖五分鐘後再沒變化，我就會宣告死亡。」

「死亡？你眼睛瞎了嗎？」高個子一手揪住柯魯斯，「你剛才沒看到他動了一下嗎？」

馬斯凱給阿嬤的傷口蓋上紗布，「這傢伙送來的時候老早就去了，這位醫師好心替他壓了三十分鐘，你們可要感激他才對；換了是我，我連救護車也不讓他下，直接叫他們開到殮房去。」

高個子放下柯魯斯，赤紅的雙眼狠狠瞪着馬斯凱，像一頭餓瘋了的獅子。

「他的手剛動了一下！難道死人也會動嗎？」

馬斯凱冷酷的嘴角微微揚起，「你有殺過雞嗎？雞頭砍下來後，雞的腳不也是亂撐嗎？那你想這隻雞是死的還是活的？」

高個子一陣錯愕，比堅尼辣妹摀住嘴巴，治療室頓時安靜下來。

柯魯斯大聲宣布：「三十分鐘急救無效，宣告病人死亡。」

「媽的，說我朋友是雞！」高個子一個箭步往前，掄起拳頭就往馬斯凱身上揍，其餘的小伙子蜂湧而上，拳打腳踢，辣妹則用高分貝的尖叫替動作片配樂。

小伙子再次被抬進救護車，開往殮房。阿嬤連拐杖也用不着，飛奔離開診療所，以百米速度一路跑到算命先生那兒壓驚去了。

手術室像爆炸後現場，一地碎片，馬斯凱坐在牆角，擤去鼻子內的血，用手摸了摸幾乎被揍歪的下巴。

老爹不知何時走進來，遞給馬斯凱一張衞生紙，坐到他身邊，「慘是慘了些，幸虧鼻骨沒有斷，冰敷一會就好了。」

馬斯凱沉默的低着頭，一手摀住鼻子。

「很痛嗎？」老爹問。馬斯凱搖搖頭。

「你剛才說的都很有道理，誰說會動就是活的？」老爹緊緊摟住馬斯凱的肩膀，「可是醫院畢竟不是法院，這裏需要的不是道理，而是一點點的同理心，無論你面對是悲憤的家屬，或是一具冷冰冰的屍體。」

馬斯凱沒答腔。

「當醫生嘛——」老爹長歎一口氣，「病人會痊愈的話，要對病人好一點；病人起不來了，要對家屬好一點。」

## 海軍上將

肖軍虎看着眼前的一片雪亮，微微一笑。他早知道這一天終究會來到，然而比他預期的更久，訝異中帶着一絲的僥倖。

「這一天好像不大完美。」他深深吸了一口氣。

「那一年總統六十二歲，我三十九歲，我是中華民國『海獅號』潛艦艦長肖軍虎。」他在航海日誌上寫道：「一九四九年五月二十五日，共產黨宣布解放上海，苦撐數月後，共軍勢如破竹打過長江，國軍形同撤守，總統上了『靜江號』軍艦迅速離去，我艦收到命令，誓死保護總統前進台灣。」

關於中華民國的潛艦嘛，我從不擔心它能不能沉下去，只關心它能不能浮上來。

潛艦的溫水系統在一次轟炸中受損，艙內的溫度低得就像停屍間的冰庫，士兵們穿着麻織的軍服，凍僵的雙手環抱肩膀上下不斷的磨蹭，泛紫的嘴唇不住在顫抖。艦上六十二名軍官士兵誓死奮戰。總統踏上台灣本土的一刻，陽光下他的軍鞋依然雪亮，不沾一粒塵土。肖軍虎一行人擊沉了一艘中共潛艦外加兩艘軍艦，「海獅號」很不可思議的浮出台灣海峽水面，六十二名軍官士兵，早已凍死了一半。

肖軍虎身高185厘米，閱軍時立正行禮，身體筆直得像摩天大樓，多少少女的心就在那一刻被他俘擄，包括他不久前去世的妻子。幽暗船艙內散發出濃濃油污味，是永遠撇不去的味道。即使在他離開軍隊的那一天，在漫天隆隆的禮炮聲中，總統在他寬闊的前襟別上紫色勛章時，他仍擔心總統嗅出他綠色軍袍下的油污味道。

如今，他八十九歲，身高依然是185厘米，卻橫躺在一張白色的牀上。兩顆黑色的眼珠子偏到左邊，彷彿左側有無盡的思念；他的嘴巴噴着氣，冒着白色的泡沫。

我不忍心，卻還是告訴他說：「肖軍虎，你中風了。」

「這一片白色，就是這樣的一片白色嗎？」肖軍虎喃喃的問。

我不知道為什麼大家會以為人生最後一刻看到的都是白色，甚至要在白色的背後打上柔光，就像少女漫畫中玉樹臨風的男主角登場。在我眼中，生命的本質是一潭晶瑩剔透的水，生命的過程則是在繁雜凌亂的世界，用一根棒子攪動這水，把下面的沉澱物泛起；泛起的東西有血，有肉，有生命。

泛起的雜質慢慢沉澱出昨日的記憶，回到了最原始的單純。那一片白，是不是象徵生命最單純的本質呢？

我還是敷衍地對肖軍虎說：「就是這一片白，最後的白色榮光。」

然而，肖軍虎還死不掉，老爹從我身邊帶走了他，就像許多次把我身邊的靈魂帶走一樣。我自認並不小器，老爹和我作對已不是一天兩天的事了，我也拿這個頑固老傢伙沒辦法。不過我很好奇，老爹三番四次帶走即將離開的靈魂，到底是為什麼？一份同胞的愛嗎？抑或這不過是他的職業本能？就像拾荒老人看到路上的汽水罐就會把它回收一般？

手術牀上的探照燈打在肖軍虎的腦袋瓜上，老爹從他的腦袋裏摘掉一團雞蛋大小的血塊，當血塊被抽吸去，除了生命，肖軍虎的一切，包括所有美好的回憶、像法典般刻在他腦海中的「三民主義」、一封藏在牀底下木盒子裏沒寄出去的情書，還有那一句噎在喉嚨裏一甲子沒講的話，都一併被吸走了。

肖軍虎這樣就離了我，卻一直沒有醒來。

「真想不到，」柯魯斯說：「肖將軍的晚年竟然落得這般下場。」

「你說他是將軍？」馬斯凱說。

「是。台灣就是將軍特多。」柯魯斯轉動僵直的脖子，「肚子胖得像豬的也能當將軍，那些聽到炮聲就兩腿發軟的，胸前別的汽水蓋就愈多。」

「你意思是肖老的將軍銜頭是混來的？」

「不！他可是個名副其實的將軍，身上每一枚勛章扳開都有血有汗，要是他真的死了，總統也要抽空過來給他蓋國旗呢。」

當小蔓打開等候室的大門，她驚訝得摀住了嘴巴，不到五坪的房間擠了二十多個人，好幾個穿着黑色西裝的彪形大漢佔據了僅有的五張椅子，有的靠着窗框吞雲吐霧，有的心浮氣躁來回踱步，天花板的電風扇慵懶的轉動着，攪拌着一室的烏煙瘴氣；夏天的悶熱醞釀出一屋子的汗臭，每一個大漢油亮的臉上滲着豆大的圓滾的汗珠。

見小蔓一出來，靠窗的那個首先把菸捏熄，其餘的人不約而同蜂湧上來。

「老肖怎樣了？手術還成功吧？」說話的是一個年過半百的老人，濃濃的北方腔，每句末段的音節都往上翹，光看外貌也知道他是個老兵。

「別告訴我老肖他走了。」另外一個瘦巴巴的老傢伙說。

「你這個狗口長不出象牙，」那個把菸捏熄的老傢伙說：「要是老肖真的掛了，我第一個就斃了你。」

一陣鬧哄之後，人羣中走出一個人，混在一班老人中顯得格格不入，他個子不算高，身材不算瘦，乍看頂多四十五歲；圓胖胖的臉蛋，細眯眯的眼睛，嘴巴的口徑不大，兩瓣嘴唇像被毒打過的腫脹，配上微鬈的短髮，獮猴般小小的耳朵，樣子憨得很。

「我是肖國強，爸還好嗎？」肖國強五根粗胖的指頭握着一張潔白的手帕，不斷拭擦汗水。

老爹拍拍肖國強寬厚的肩膀，把他拉到房間一隅，輕聲對他說了一些話；肖國強始終抿着嘴，眉心鎖得緊緊，偶爾點點頭，兩顳的汗珠愈滾愈大，最後老爹又在他的手背拍了兩下，然後逕自走開，留下他獨自站在昏暗的牆角。

縱使光線再昏暗，馬斯凱還是看得清楚，凝固在肖國強圓潤臉龐上的，是一抹叫人摸不透的陰鬱。

## 謎樣的女人

火紅的太陽帶來一波又一波的燥熱，汗水和淚水交織成夏天的協奏曲。九塊厝蔚藍的上空一朵朵白雲悠悠的拖曳着，像一頭頭在青青草原上吃草的綿羊。

午後，一個二十歲左右的女子走進診療所，瘦弱的肩膀掛上一隻彩色的布製背包，腳步緩慢卻不遲疑，以等距離的步伐在病房的走廊上前進，眼神一片哀傷，一頭烏黑的長髮對她也顯得太沉重。

「請問你在找人嗎？」小蔓上前問。

「請問，這裏是不是有一位病人叫肖軍虎？」

「是的，找他有什麼事嗎？」

她的喉頭滑動了一下，聲音細如蚊蚋：「我是他的女兒。」

探病的女子進入病房以後就沒說過一句話，像一座雕塑。

「有聽說過肖軍虎有女兒嗎？」柯魯斯說着，整張臉早已貼在病房門的小玻璃窗上。

沒人答腔。

肖軍虎躺在這裏少說也有一星期了，就像老爹當初的預計，除非奇蹟出現，否則肖軍虎將會一直「睡」下去。

「喂，有沒有想過肖軍虎壓根兒沒有女兒？」柯魯斯沒頭沒腦的說。

「什麼意思？」馬斯凱說。

「有聽過路人甲嗎？進來騙吃騙喝的。」

「不會吧？」小蔓說着，她用頭把柯魯斯的頭從玻璃窗上抵開，「哪個路人甲會無聊到來醫院混，還握着一個陌生人的手？」

「而且這個陌生人還是個白菜[①]。」馬斯凱補上一句。

「我們要通知他的家人，免得真的來了一個路人甲，一幕賺人熱淚的肥皂劇變成一部無厘頭的鬧劇。」

馬斯凱放下電話，眉頭皺了一下。

「怎麼了？」小蔓問。

「不會真的是路人甲吧？」柯魯斯張大了嘴巴。

馬斯凱摸了摸下巴，若有所思的說：「怪了，剛剛接電話的是肖國強，我把情況向他說明之後，他就像被雷擊中一樣，久久不能說話，好久才說馬上過來。」

「這有什麼好奇怪的？」

馬斯凱托住腮幫子，說：「肖國強可能以為我早已掛上電話，說了一句很怪的話。」

「什麼話？」

「肖國強用很壓抑的語調罵了一句：『臭婊子』！」

肖國強比想像中來得更快，他肚腩左晃右晃的，像一隻笨重的犀牛，氣喘吁吁地跑到病房前，前胸後背都濕濡濡的泡了一灘汗漬。

「那女人在哪裏？」

診療所外的大樟樹擋住了辛辣的太陽，習習涼風從窗戶吹進，縱使是炙熱的八月，病房內卻有一種深山林溪邊的蓊鬱。肖軍虎依然平和的躺在病榻上，空蕩蕩的沉寂成了此時此刻最大的隔閡。

「你來做什麼？」肖國強語氣中帶着寒冬的冰冷。

女人沒回話，保持一貫的從容。

「你不是這個家的人，請你出去！」

女人堅毅的眼神像鐫刻出來的，沒有任何情緒起伏。她的手像一縷棉絮，似有似無的搭在肖軍虎手背上，不過，若想把這一雙纖纖小手拉開，再蠻橫的吆喝和威脅，也撼動不了這股溫柔而堅定的力量。

肖國強嘴巴發出土狼般低沉的嘶吼，他轉身走出病房，將門輕輕帶上，門把上的指頭關節因用力而泛白。他掏出手帕抹去臉上的汗水，彷彿也抹去前一分鐘的表情，呈現在大夥眼前的一張臉，像「三隻小豬」故事裏的小白豬，既惹人憐愛，又叫人疼惜。

「對不起，各位，那位小姐和家父的確有些淵源，但她並不是家父的女兒。能不能麻煩你們喚警衛過來，把這位小姐請出去，再說，家父也需要休息了。」

「我們這裏是小診所，沒有僱警衛。」馬斯凱說。

肖國強沉着氣問：「請問你們如何處理胡亂闖進來的外人？」

「這裏從沒發生過這種事，如果有的話只是報警吧。」說話的是柯魯斯。

「好，好，」肖國強突然笑起來，兩邊臉頰上下抖動，「就麻煩你們替我叫警察。」

「可是，這位小姐不像是外人。」這一回說話的是小蔓。

肖國強倏地鐵青了臉，「不是告訴你們嗎？她就是外人！毫不相干的人！」

「你剛才不是說她和你父親有些淵源嗎？要不你自己請她出去，何必勞師動眾叫警察呢。」馬斯凱淡淡然說。

肖國強把頭別過去一會兒，鐵青的臉又換成一隻可愛的小白豬，像會變色的烏賊。

「那就麻煩你們照料好我的父親，」他以公務員口吻說：「萬一他發生什麼意外，你們一定得負起責任。」肖國強走了。

馬斯凱望向病房，通過門上的小方格玻璃窗，看見安靜的女人還是輕輕地握着那雙枯槁的手。

## 圖書館

攝氏三十八度，電線桿上的黑色電線像融化的麥芽糖，低垂半空，小孩經過怕也會勒住脖子。

「江老師，你怎麼來了！」小蔓大聲喊說，邊走過去把剛進來的老人扶到椅子上。

江中立喘着氣冒着汗，臉紅得像一粒蒸熟的紅蕃薯。他今年已經七十八歲高齡，十八年前從大正中學退休後，一直擔任九塊厝圖書館館長。

江中立坐在椅子上，頭上稀疏的白髮在窗外陽光的襯托下散發出柔和的光芒，他個子不高，但兩肩非常寬厚，依然顯得挺拔和健壯。他扶正一下掛在鼻樑上的黑色粗框眼鏡，笑容可掬的對小蔓說：「小姑娘，很久不見了，你好像畢業後就沒上圖書館了吧？我還記得你束着小辮子的可愛模樣呢。」

小蔓像個小學生似的傻笑：「當年江老師送我的那本書，我還珍藏着呢。」

「這村裏每個孩子都有一本我送的書。」江中立笑呵呵的說，「每個人都可以窮得一無所有，就是不能沒有書。」

「江老師你還沒告訴我為什麼到這裏來，你身體不舒服嗎？我來替你掛號。」

「我雖然看不清楚大字報，可身體還沒這麼糟，我今天是來探人的。」

「來看肖老先生嗎？」

江中立歎了一口氣：「想不到他比我早走到這一步。」

這時外頭傳來一陣窣窣的腳步聲，幾個小孩從門邊探進頭來說：「江老師，我們來了！」診療所外面還有一羣嘻嘻哈哈的小學生。

「都進來吧，要像在圖書館一樣保持安靜，不要吵到病人喔。」

小孩像一羣乖巧的國王企鵝，井然有序的站在江中立面前。

「誰能告訴我為什麼今天要來這裏啊？」

「來看肖伯伯！」

江中立滿意的點頭說：「待會看到肖伯伯要說什麼？」

「說『謝謝』！」

江中立欣慰的摸摸前排第一個小孩的頭：「去吧，記得要保持安靜喔。」小孩們提着小背包一個一個走進病房，逐個走到肖軍虎身旁，在小背包掏出一隻紙鶴，放在牀邊的小几上。

小蔓將江中立扶起來，一老一少站在病房外，「以前我們也是這麼懂事嗎？」

「你們一直以來都這麼懂事啊，從以前到現在都一樣。」江中立眼中閃着智慧的光芒：「可是將來就很難說。」

「為什麼這麼說？」

「我們這個村放眼望去就這麼丁點大，」他兩手圍成一個飯碗口大小，「然而，小孩的世界卻是無限寬廣，我們有責任讓他們的世界飽滿、豐富，讓他們多姿多彩。這個地方能給他們什麼呢？魚網、泥巴？還是鋤頭？」江中立再平和的語氣也掩不住內心的激動：「幸好我們還有一間圖書館，書本可以給小孩帶來無限的想像。」

「那江老師還擔心什麼呢？」小蔓從沒見過江中立如此憂鬱，在她的印象中，江老師是個樂觀得無可救藥的傢伙，即使全世界的冰山都開始融化，他依然堅持地球是有救的。

「九塊厝僅有的這間圖書館是肖軍虎出資蓋的，他是個軍人，也是一個生意人。就這麼說吧，他是一個大老粗生意人，是名副其實的土豪劣紳，在他的字典裏，只有『鎗』和『搶』兩個字，這個人壓根兒不曉得什麼叫『書』。」江中立拉了小蔓的手，找了張長椅子坐下來。

「可是他卻在十多年前蓋了這間圖書館。你知道為什麼嗎？」

小蔓搖搖頭。

「要是他在這個鳥不生蛋的地方蓋一座碉堡，蓋一間軍火庫，甚至核子反應爐，我都還能理解，可他偏偏蓋了一間和他打不上關係的圖書館。」小蔓感覺到江中立握着的手愈來愈緊，語氣變得激昂，「起初，我以為他就像大財團不斷蓋醫院一樣，沽名釣譽，即使我當上館長，還是瞧不起他。」

「後來你改變了想法？」

「也不見得。他負起了圖書館所有維修和開支，每半年還撥出預算購買新書，他真的讓這個村的小孩在打架、蹺課、偷水果外，找到了另一個嗜好。」

「我人生第一個夢想就是在圖書館裏編織的。」小蔓開心的說。

「直到我當上館長的第五年，心中的好奇已達到頂點，有一個冬天的早上我找到機會問他，當初為什麼要建一間圖書館？」

「他怎麼說？」

「一開始他什麼都沒說，坐在靠窗的角落如常的邊閱報邊享受陽光，他把當天的《聯合報》放下，臉色凝重的說：『老江，你問這個幹嘛？人老了，如果沒錢，只好馬馬虎虎地活下去；若是還有個錢的，就可以給自己買一個夢。』他瞟一眼在閱讀的小朋友，『看到他們臉上滿足的笑容麼？我們那個年代沒有的，我希望他們都有；我們那個年代做的，我希望他們都不要做。』」

小蔓看到老人的眼睛閃着淚光，往肖軍虎的病房看去。

「直到現在，我都忘不了他講這些話時的表情。」

「想不到肖老伯也有感性的一面，」小蔓說：「我們以前都很怕他，遠遠看見就想躲。」

江中立聳聳肩說：「現在不用躲了，他就躺在那裏。」

「江老師，你還沒說你到底擔心什麼？」

江中立仰頭看着天花板，彷彿剝落的油漆裏有他想要的答案。「圖書館要關門了。」

江中立笑了笑，嘴角有一抹慘白的失落：「肖軍虎的兒子發了標，準備把圖書館改建成大型綜合超市。」

## 可怕的豬

每逢晨曦第一道陽光透進診療所走廊，謎樣的女人——柯魯斯這樣形容——總出現在肖軍虎的病榻前。同樣，肖國強也天天現身，緊盯着肖軍虎的監測器，然後有的沒的問一堆問題，叫人摸不着他關心的到底是老爸，還是這一台方方正正的儀器。

「爸的心跳好像變快了呢？」肖國強撫摸着肖軍虎的額頭說：「這樣是好還是不好？」

光是這道問題，打從肖軍虎做完手術以來就不斷重複。

今天的情況有點不同，肖軍虎的心律不是普通的快，每分鐘一百五十下已經不是小蔓一句「還好啦，不用擔心」可以敷衍過去，呼吸速率還達到每分鐘四十下。

肖軍虎喘起來了，喘得一臉刹白，全身冒着黏滋滋的冷汗，身旁的呼吸器嗶、嗶、嗶的叫個不停。馬斯凱從外面跑進來。

「一分鐘前病人突然喘起來。」小蔓說。

馬斯凱把聽診器放在肖軍虎胸部兩側探聽了一會，然後回過頭來，看着肖國強和那謎樣的女人；從沒交流的兩個人這時並肩靠在一起，眼睛瞪得老大。

「肖老先生的病情在惡化。」馬斯凱說：「我想他得了肺炎。」

「肺炎？」肖國強皺了眉頭，女人則摀住嘴巴。

「他的管子插得太久了，患肺炎是必然的事。」

「這樣很危險嗎？我的意思是有沒有生命危險？」

馬斯凱看着說話的女人，這是她到診療所以來第一次以「言語」表達關切，聲音平淡中帶着溫柔。

「我們已經使用過最後一線的抗生素，」馬斯凱拉下掛在耳朵的聽診器，「肖先生嘴巴插着管子快兩個星期，除非做『氣切』，否則恐怕會有感染，不容易控制。」

「氣切？」女人用她的小眼睛瞪着馬斯凱。

「氣管造廔手術。」馬斯凱用手比在脖子上喉核的下方，「就在這裏，開一個洞。」

她的小眼睛又睜大了兩毫米：「就這樣？」

「別小看這個洞，」馬斯凱說：「可以救他一命。」

「那就趕快做。」女人說，雙手揪着胸口。

這時傳來一陣冰冷的聲音，像銀行服務的電話錄音：「我爸不做氣切。」說話的當然是肖國強，他又低着頭，把臉容隱藏掉，只讓人看見一撮稀疏的地中海。

一段空白的沉默，彷彿一個世紀般漫長。

「肖先生，如果不做氣切，恐怕……」

肖國強揮手打斷馬斯凱的話，他瞇着的眼睛突然不再迷茫，還泛着金屬光澤，像兩粒鑲在黑暗中的玻璃彈珠；他厚厚的嘴唇不再笨拙，反而掛着血腥的殘酷，「我再說一遍，」他的喉嚨像指甲刮過玻璃似的發出尖銳的聲音，逐字說：「我——爸——不——

做——氣——切。」

語畢，他頭也不回的走了，他每天來來回回，等了兩個星期，彷彿就是為了說這句話。

太陽西下，天際最後一抹艷紅消失，冰冷的灰燼散布在厚厚的雲層間。來自太平洋的海浪有節奏地拍打在沙灘上，捲動着破碎的貝殼和沙粒，摩擦發出沙啞的聲音。

風速慢慢轉強，地平線上那一抹灰濛漸漸變得濃鬱，黯黑的雲層背後斷斷續續的閃爍着亮光，天地間回盪着悶哼的雷響。

馬斯凱站在鬆軟的沙丘上，斯巴達趴在他腳踝邊，「下雨了嗎？」這隻拳師犬和德國狼犬的混種狗用眼角的餘光掃一掃馬斯凱，然後把焦距集中在自己黑色鼻尖的第一滴雨珠，似要說：「笨蛋，雨都打過來了，還問？」

「你覺得該做嗎？我指的是氣切。快九十歲的老頭，運氣好一點的話，早就舒舒服服地躺在鋪上絨的棺材裏，哪像現在上下插着管子，躺在一間被漂白水熏過的房間。」

斯巴達仍盯着鼻頭上的雨滴。

「如果是幾個月前，我會讓這個老頭離去，別說氣切，點滴也不給他掛。該走的就要走。」他自個兒笑了笑。「該死的還是得死。」

斯巴達又瞪了他一眼，看他痴痴的傻笑，心想：「瘋子。」

在他的認知裏，歹活不如好死，就像土壤要經過不斷翻耕，作物才能長得茁壯。生命就得灑脫，瀟灑來灑脫去，走到最後就該揮一揮手，不留任何牽掛。因此，他從不猶豫給病人拔管，也從不猶豫地在病人的死亡證書上簽字。

然而，這陣子他覺得事情好像有點不對勁，挑戰心底最根深蒂固的觀念是一件很痛苦的事，就像牛頓推翻萬有引力定律一樣。彷彿在他頑固的腦海中，有那麼一粒小小的灰色腦細胞開始背叛他，他說不出這種轉變的由來，但腦海中的聲音就是那麼清晰、那麼真實：「九十歲的生命，也有活下去的權利。」

白皚皚的閃電照亮了肖軍虎的病房，只那麼一刹那，房間又回復到無盡的昏暗。

豆大的雨打在暗紅色的瓦片上，強勁的熱帶氣旋吹打着玻璃窗，在肖軍虎昏迷後的第十二天，九塊厝下起夏天第一場雷雨。

當晚一共傳來了十三下雷聲，就在第十三次雷聲過後十秒，肖軍虎右手最後一根小指頭，倏地抽動了一下。

## 世紀葬禮

早上六點正，夏日的太陽早已照亮海岸邊這間小房子，從太平洋吹來帶着鹽巴的風，把掛在窗框上的一串風鈴吹得匡啷匡啷的。昨夜的大雨換成天空一片叫人震懾的藍，海面像舞動的漫波魚，泛着片片粼光。

馬斯凱被一陣敲門聲吵醒，敲門的像要把門敲破。他滾下牀去開門，指着柯魯斯說：「你們最好給我一個大清早把我吵醒的理由，不然……」

小蔓捉住馬斯凱的小指頭說：「肖軍虎醒了！」

馬斯凱來不及回應，就衝向病房，還差點從樓梯摔下去。

老爹早已站在病牀邊，牀的另一頭站着謎樣的女人。老爹的右手不斷摸着下巴的贅肉，時而皺眉，時而點頭，他轉過身看着他們三人說：「離清醒還有一段距離呢，不過確實在進步。」

馬斯凱走前去，只見肖軍虎的四肢動了一下，插着管子的嘴巴張得大大的打了一個呵欠，馬斯凱注意到他嘴巴內光禿禿的牙齦，不過，他的眼睛並沒張開。

「打呵欠是好事，是高級動作呢，看來他不只保留住腦幹功能，就連高層次的皮質功能也還在。」馬斯凱說。

「這表示什麼？」女人問。

「表示他有機會醒來，只要給他時間。」老爹說。

「他多的是時間。」柯魯斯說：「只怕沒有機會。」

「他兒子一直不同意做氣切。」小蔓說。

牀上的肖軍虎突然一陣劇烈的躁動，臉漲得比櫻桃還要紅，插着管子的嘴巴不斷掏心掏肺地咳嗽，小蔓趕緊拿一根細細長長的抽吸管放進他嘴巴的管子裏，抽出一灘黃綠色又黏又稠的痰。

「肺炎已經愈來愈嚴重，他早上開始發燒。」小蔓拭去肖軍虎額上的汗。

「如今情況已經改變，肖軍虎的神經功能明顯進步，日後很可能擺脫當白菜的命運，我想不出他兒子有什麼理由反對做氣切。」馬斯凱看着牀上的肖軍虎，他萎靡的腦細胞如今像燈泡似的一顆顆亮起來，可是，兩片積滿痰液的肺臟卻像長了霉菌的麪包，正一塊塊地剝落。

因為電話聯絡不上，為了爭取時間，馬斯凱和柯魯斯只好直接到肖家走一趟。

「你看那邊，」柯魯斯指着遠處的山麓，九塊厝的西南方，望眼所及是一片草坡，「以前那裏也是一個村子，住了十多戶人家。」

「怎麼現在連一戶也看不到？」

「肖軍虎當年砍光了那裏的樹，又種滿了檳榔，你知道，檳榔根是鬚根，雖然密卻長得短，抓不住下面的土壤，保土吸水力差；它的根盤踞土地表層，又不讓其它植物生長，不利水土保護。」柯魯斯若有所思地說：「就在某一個夏天的颱風夜，整片山坡傾泄而下，土石流頓時淹埋了整個村落，十多戶人家沒有一個生還。」

馬斯凱怔怔的站着，腦海裏想像那夜發生的事：強風挾了豪雨，呼呼的刮着每一塊戰慄的玻璃，一聲喪鐘似的巨響，村民在睡夢中還來不及驚恐，就已經淹埋在一片漆黑中。從外地趕回鄉的男人，呼天搶地，哭得滿臉眼淚鼻涕，跪在爛泥巴裏，耳朵貼在地上，期盼聽到老婆孩子的聲音。

「從此之後，肖軍虎就變賣手上所有資產，只留下一間房子自住，然後開始在九塊厝拚命鋪路、造橋、建圖書館，有人說他在贖罪，有人說他在給子孫積陰德。」柯魯斯拉一拉馬斯凱的袖子，「看看他那個面目可憎的兒子，再看他晚年這副慘兮兮的模樣，可見他鋪的路造的橋明顯不夠，或者要再建一條貫通台灣南北的高速公路吧。」

穿過九塊厝大街，一羣學童的嬉鬧聲吸引了馬斯凱，他們穿着白襯衫、藍短褲，每人肩上一個綠色小書包，興高采烈走向一幢兩層高的建築。

樓層是灰綠色，建得方方正正，樸素典雅，窗台是紅磚，屋脊上暗紅色的瓦片披上墨綠色的苔蘚；樓房外是一片青青草地，草地上橘黃色的土磚小道連接矮矮的三級台階，通往大門。一樓像是特別挑高建的，大門不大卻很高，圍住門框的是被歲月熏得發黑的槐木，底座還有一排凸起的長條形門檻。

門眉上掛着一面黑色匾額，刻了三個金黃色大字：圖書館。左下角用楷書寫着：肖軍虎題。大門兩邊的門聯：萬官皆下品，惟有讀書高。

雖說圖書館位於九塊厝大街，它卻獨立於各商號之外，四周種滿梧桐，顯得遺世而立，安靜清幽。

通過窗戶可以看到圖書館內的三葉風扇緩緩轉動，學童閱讀的身影，還聽到窸窸的翻書聲。馬斯凱駐足看得出神，心裏有說不出的感動，這麼小的村落竟然有一塊方寸之地，神聖不可侵犯。

「多看幾眼吧，以後就看不到了。」

馬斯凱看着柯魯斯，一臉狐疑。

「聽小蔓說，肖國強要把這裏改成大型綜合超市。圖書館是肖軍虎名下的財產，他死了，這間圖書館自然是肖國強的。」

馬斯凱心裏咒詛：一隻骯髒的豬！

肖家是九塊厝的大戶，肖軍虎從商後憑着精明的頭腦，和戰場上六親不認的蠻勁，建立起自己的商業王國。從一間賣米和雜糧的小舖，然後轉做伐木生意，累積了大量財富。

肖家大得有點誇張。白色的水泥牆把宅院團團圍住，圍牆頂部裝上高聳入雲的欄杆，厚實的鐵門是惟一的入口，前面足球場般大的庭院停泊了四輛外國名車。建築主體呈「日」字形，使人想起台北市的總統府。

「如果把這間大宅拆掉，拆下來的磚塊大概可以堆一座法老古夫王金字塔吧？」

馬斯凱按了門鈴許久，才有一位老伯出來。他一身灰色唐裝，看來是管家。老伯透過大門的鐵花瞪了他們一眼，冷峻的說：「有事嗎？」

「我們是診療所的醫師，肖軍虎的病情有變，因為電話聯絡不上肖先生，所以特別走一趟。」

老伯一聽來由，原本繃緊的臉頓時放鬆，畢恭畢敬的說：「原來是醫師，少爺在忙，兩位裏面請。」

老伯按了一下手中的遙控器，門「卡嚓」一聲打開了，他倆跟進去，沿途通往大宅的車道旁邊種了一列大王椰樹。走了大約五分鐘，他們離開了柏油車道，迂迴的轉進一旁的碎石步道，頓時別有一番景致，兩旁種滿了一簇簇花，楊柳、榕樹穿插其中，鳥鳴與花香夾雜；走到盡頭可以看到一個人工湖，其上築了小橋，碧綠的池水裏色彩鮮艷的錦鯉悠游其中。

「天啊，我現在終於明白什麼叫劉姥姥遊大觀園了。」柯魯斯說。

馬斯凱揉一揉鼻子，「我看也只有帝王陵墓才會蓋得這般奢華。」

走到橋的末端，肖國強從灰色的大宅走出來，一身外國名牌裝扮，還戴了副墨鏡，腳步輕快，意氣風發。

「兩位大夫，怎麼老遠跑來？」肖國強像一團肉球似的快步迎向他們，摘下墨鏡：「兩位請裏面坐。」語氣中帶着焦慮，然而閃爍的眼神卻像第一次跟異性約會一樣，充滿期待。

馬斯凱和柯魯斯被帶到大廳，他們不約而同地倒抽一口涼氣。

大廳的傢俱都搬走了，牆壁漆成白色，空氣中仍瀰漫着新油漆的刺鼻味，黑色的大理石地板上鋪了一條很長的白色地毯，白簇簇的弔喪花圈，一路排到大門外，四面牆角堆滿一盆盆黃菊。

大廳的中堂掛上了肖軍虎穿着軍服的大頭照，從天花板垂掛下來，照片上從左到右拉着一掛白布，寫着：「音容菀在」。前面再來是一張蓋上白布單的長方形桌子，中央擺了一個類似出土於青銅器時代的香爐，馬斯凱懷疑這件古董本該放在故宮博物院。看肖國強能夠把靈堂布置得高貴典雅，這個豬頭也算是人才。

肖國強彷彿很滿意他們訝異的表情：「一切我都安排好了，我父親一生為國家、為社稷，鞠躬盡瘁，他前半輩子歷盡苦難，我要他走時能夠風風光光！」

馬斯凱柯魯斯面面相覷，心裏嘀咕：「可是你老爸還未死啊！」

「對了，我爸他怎麼了？」肖國強雙手交互揉搓着。

「肖老伯的肺炎愈來愈嚴重。」柯魯斯搶着說。

「是嗎？」肖國強的語氣難掩興奮，肥厚的嘴角藏不住淺淺的微笑。

「肖先生，我們是來和你討論有關你父親氣切的事。」

肖國強臉一沉，兩手將僅存的頭髮往後一撥：「你是柯醫師吧？我以為已經講得很清楚了，我——爸——不——做——氣——切，這樣可以了嗎？要不我重複一次？」

「這個早上我們發現你爸的手腳會動了。」

肖國強的表情突然僵住，像電視畫面定格一樣：「你再說一次。」

「肖老伯的神經功能好像正慢慢復原，只要給他時間……」

肖國強揮了揮手打斷柯魯斯的話，「你說『好像』慢慢復元，『好像』就是不確定，他是我爸爸，我把他交到你們手上，就是要你們治好他，你們卻說好像可以、有機會治好，那我何必交給你們，我不如到廟宇求神問卜好了。」

「醫學沒有肯定這回事……」柯魯斯說。

「搞不好我爸現在是迴光反照，萬一做了氣切活過來，以後卻成了植物人，你們來照顧嗎？」

一直默不作聲的馬斯凱說：「依你們的財勢，別說一個肖軍虎，一百個肖軍虎也照顧得來。」

肖國強臃腫的臉龐漲得通紅。「你說什麼？」

「我說，」馬斯凱表情冷淡，「你寧可布置你的兒童樂園，何不多費一點心神到診療所看看你老爸。」

「勞你費心了。」肖國強摘下墨鏡，細瞇瞇的眼睛瞪得人發毛，「關心我老爸不用你來教，我爸生得光榮，死得轟烈，他生前頂天立地，活着的時候決不苟延殘喘，我爸這陣子的照顧就勞煩你們了。」

「肖先生真是個孝子。」馬斯凱開懷的説：「肖老伯他此——生——無——憾。」

「不敢當，不敢當。」肖國強哈哈大笑，笑聲尖得像個女子，「我已經找了儀仗隊，當天大正中學也會配合放假一天，瞻仰的來賓我已發了通知，總統府方面我還在等待答覆，不過國防部長確定會出席。」

馬斯凱拍拍柯魯斯説：「我們走吧。」等他們走到大門時，肖國強在他們背後大聲説：「到時記得過來給家父上一炷香。」

馬斯凱一手捉住柯魯斯的手，兩人同時停下來，他轉過頭，擺出招牌笑容，「如果你有讀過一點書的話，」他指了指白布條上的字説：「那個詞叫『音容宛在』，不是音容『菀』在，我怕國防部長當天看了會笑掉他的假牙。」

説完掉頭就離開，肖國強站在大廳上，咬着牙齒，大力得連牙齦也迸出血來。

## 切乎？不切乎？

過了兩天，牀上的肖軍虎手腳不由自主地亂揮，最初不停抖動、咳嗽愈來愈劇烈；後來嘗試用手拔掉插在喉嚨裏的管子。他的嘴巴張得大大，但因管子卡在聲帶裏，只能發出像被人捂住嘴巴的呻吟聲。

即使在診療所外，也能清楚聽到病房傳來一陣陣鐵牀晃動的聲音，就像病房內放了一隻鐵籠子，困住一頭遭綑綁的野獸。不得已，馬斯凱只好用布條將肖軍虎五花大綁。一開始他仍然不停揮動，直到耗盡全身每一點能量，才放棄了掙扎，四肢絕望地攤在白色牀褥上；然而，如果仔細地嗅，會發現空氣裏瀰漫着一股燒焦似的哀號。

「再不做氣切的話，他連今晚也過不了，」馬斯凱再次幫他抽了一口痰，「他肺部的痰快淹到嘴巴上了。」

「沒有家屬的同意書，我們什麼也做不了。」説話的是小蔓。

「難道就眼睜睜看着他淹死？枉費他這兩天的神經功能又進步了許多。」柯魯斯説。

馬斯凱痴痴的看着病牀，躺在牀上的肖軍虎瘦骨嶙峋，隆起的胸膛上下起伏，雙頰凹陷，嘴巴死魚似的張得老大。

八點剛過，謎樣的女人又站在門口：「請替我爸做氣切。」語氣斬釘截鐵，不容拒絕。

馬斯凱等三人看着她，對於她突然出現已經習以為常，但對她突如其來的要求，卻不知如何反應。

「我連你是誰都不清楚呢！」柯魯斯説。

她低下頭，往肩膀上的布背包探了探，摸出一張身分證，交到馬斯凱手上：肖曉恩（原來她是有名有姓的）。背面在父親一欄寫着：肖軍虎。

「你真是他的女兒？」

她點點頭，「我和肖國強是同父異母的兄妹，我媽就是人們嘴上常說的那種『見不得光的女人』。」她看着他們三人。

「雖然是不被允許，在我出生的時候，爸毅然在我的出生證明上簽了字。媽告訴我，爸簽上名字時還緊緊握住她的手說：『一人做事一人當，她就是我骨肉，我有什麼不能簽的？』」她雙手在小腹上握成了拳頭。

馬斯凱心想：軍人果然是軍人。

「一張身分證就能證明你是肖軍虎的女兒嗎？小姐你可要知道，如果你耍我們，我們會被肖國強控告。」柯魯斯一直重複翻看手上的證件，「肖小姐，你可知道這個世界上有多少人叫肖軍虎？」

肖曉恩開始啜泣，珍珠似的眼淚從眼角淌下，她再次把手伸進背包，拿出一張泛黃的黑白照片，「我爸每個月會來看我一次，每次都給我帶一包鳥結糖，這是我和爸惟一的合照。」

柯魯斯接過相片，雖然歷經了歲月的洗禮，右下角還有一道小皺折，但相片上面英俊挺拔的肖軍虎以及他手上抱着的小女娃仍然清晰可見，拍照的人很有技巧地捕捉肖軍虎那精神奕奕、不可一世的表情，還有女娃臉上洋溢的滿足模樣，女娃兩頰鼓鼓的像含着一大把糖果；無可否認，這個女娃正是肖曉恩，她的樣子沒多少改變。

肖曉恩的小背包彷彿是多啦A夢的百寶袋，這一回她掏出一個包絨的玩意兒，類似專盛金銀首飾的小盒子，她輕巧的把它打開，拿出一枚閃閃發亮的紫色勛章，「中華民國沒有多少人有這個玩意。」說着，肖曉恩把它別在自己的右襟前，「爸爸在我十二歲生日時送我的，他還說，我是中華民國第一個戴上紫色勳章的女人。」說完，她的眼淚像缺堤似的流下來。

「你們非得要把一台簡單的手術弄得這樣神祕兮兮嗎？」老鬼嘟囔着，「半夜十二點召我回來開氣切，到底有沒有搞錯？你們以為在拍恐怖片嗎？」

全身麻醉後，肖軍虎躺在手術台上，探照燈照着他乾癟的脖子，臉上一片蒼白，這幾天的折磨彷彿已經把他所有血氣抽光。

小蔓把刀遞到馬斯凱手中。

「喂，想清楚沒有？切還是不切？」柯魯斯站在他對面，「萬一搞不好你可要被捉去關的。」

馬斯凱笑笑，口罩掩蓋不了他冷峻的眼神，「要是我被捉去關的話，旁邊那張牀一定留給你。」

「喂，你們到底有什麼事瞞住我？」老鬼突然把頭伸了過來。

「沒事，你只管替我將病人麻好。」柯魯斯說。

馬斯凱拿起刀子，毫不猶豫在肖軍虎的脖子上劃了一刀。

「被捉去關並不可恥，」馬斯凱快速止血，又把傷口擴大：「可恥的是，該救的病人你沒有去救。」

看來馬斯凱頭殼裏的每一粒灰色腦細胞，已經徹徹底底地背叛他。

炙熱持續燃燒着九塊厝。

肖國強氣沖沖的衝進了診療所，猶如鍋爐過熱的蒸氣火車頭，他用肥厚的手掌把人們推開，堵住診療所整個入口。

「誰——允——許——你——們——做——氣——切——的？」

肖國強衝入病房，指着牀上的父親說：「到底是誰允許你們做氣切的？」他兩顴的血管浮凸，雙眼緋紅，肥厚發紺的嘴唇不住的顫抖。

病房一片死寂，肖曉恩坐在牀頭邊嚇呆了，空氣中只傳來肖軍虎均勻的呼吸聲，他安靜躺在病牀上，呼吸緩和，臉色紅潤，手術後第二天他已經開始退燒。

時間停頓了兩秒，肖國強像一隻野狼般撲到父親身上，雙手企圖扯脫套在肖軍虎脖子上的氣切管。直到管子快被扯下來的最後一秒，肖曉恩才恍然大悟，她趕緊抱住肖國強，就像抱着一團軟綿綿的樹幹，她發瘋似的要把這一頭肥豬推開。她瘦小的身軀簡直是螳臂擋車，坦克一樣的肖國強早已壓在肖軍虎身上。

就在千鈞一髮之際，柯魯斯竄進病房，一手抱住肖國強紅通通的脖子，連同肖曉恩三個人一起滾到地上。肖國強壓着柯魯斯，一手甩開肖曉恩，再對柯魯斯一陣拳打腳踢，只見柯魯斯躺在地上不能動彈，肖國強又轉過身撲到父親身上，準備拔掉氣切管時，他身後突然閃起白色的亮光。

「你拔嘛。」背後傳來馬斯凱挑釁的聲音，肖國強一陣錯愕，犯罪的手僵在半空，他慢慢轉過身來，看到馬斯凱手中握着一支可以照相的手機：「要拔就快一點，我會忠實記錄你所做的一切。」

肖國強臉色一片鐵青，瞟着馬斯凱。

「到時不只控告你謀殺，」馬斯凱笑着，露出他左邊的犬齒：「還要控告你弒父。」

「你們統統給我聽着。」半晌，肖國強舔了舔乾澀的嘴唇，他舉起水腫的手指，指着病房所有人說：「未經家屬同意私自替病人做手術，我會請一打律師告死你們。」

「不關他們的事。」肖曉恩倏地站起來，冰冷的言語帶着堅毅，「同意書是我簽的。」

肖國強抿住嘴巴，眼珠子不斷轉動，額上的汗珠沿着臉廓流到下巴，像一隻受驚的小花貓。

「原來是你……賤貨……我就知道……你這賤貨……」他瞪着肖曉恩，眼睛藏不住滿溢的怨恨，「野女人生的野東西，你憑什麼簽同意書？」

肖曉恩走前去，像一隻綿羊自投羅網的走向大野狼，凜凜的眼神不曾消失，直到她的鼻尖快要碰到肖國強時：「就憑我身上流着爸爸的血，就憑一個女兒希望她的爸爸能夠活下去。」

肖國強喉頭發出一陣無助的滑動，然後往後退了一步，像負傷纍纍的將軍退出堅守的堡壘。

肖國強緩緩跪到地上，牀上父親朦朧的身影慢慢暈開，如果死一百次可以取代此時此刻的尷尬情境，他會眼睛不眨一下就馬上答應。但現實是，他像一隻該死的豬跪在地上，四周投來的盡是嘲諷和輕蔑的眼光。一陣噁心從扭轉的胃湧上來，他的額頭漸漸碰觸到冰冷的地板，發顫的雙手掩住那一張不再光彩的臉。

## 給孩子的一句話

中風後第三十天，肖軍虎終於睜開疲憊的雙眼。不過當夏天結束前一天，火紅的太陽被秋天的落葉染紅之前，我還是帶走了肖軍虎。

昏迷甦醒以後，他多活了兩個月，直到頭顱內另一條血管再次破裂，這一次他的腦袋瓜完完全全浸泡在一潭暗紅色的血泊中，他謙卑的靈魂終於回到我身旁。

離去以前，肖軍虎彷彿經歷了南柯一夢，夢醒之後第一個出現眼前的，是肖國強那張笑容可掬，帶着期待和關切的面容：「爸爸，爸爸，你記得我嗎？我是小強啊！」他永遠忘不了孩子充滿迫切的呼喊。他緩緩舉起沒有癱的右手，觸摸眼前那一張圓鼓鼓的臉，他摸到一行溫熱的淚水。

他張大嘴巴，千言萬語在腦海湧現，無奈地聲音卻卡在氣切的傷口裏。

他的眼角湧出了淚水，看着這個被淚水洗滌過的世界，一切竟變得這麼清晰和透徹。

他轉過頭來，一個纖瘦的身影站在牀邊，他把右手從肖國強的臉上移開，伸向朦朧的身影，肖曉恩趕緊握着，愛在他們之間流動；他微微翹起嘴角，笑看着這一位戴着紫色勛章的巾幗英雄。

肖軍虎醒來後，肖國強天天往診療所報到，他對父親的關懷與呵護，已達到超凡入聖的地步，堪稱孝子中的楷模，甚至可以謄寫成「第三十七孝」，流芳百世。

每一天，肖軍虎的訪客總是絡繹不絕，時而一羣老兵，時而國防部的官員。沒有人提起之前發生的事，此起彼落的笑聲交織一面密不透風的布幕，遮去過往黑暗和不堪的每一個片段。

送走了最後一批訪客，馬斯凱給肖軍虎做今天最後一次會診。

肖軍虎始終笑瞇瞇的看着他，馬斯凱說：「肖先生，放心吧，你現在的身體比一頭牛還要強壯。」

肖軍虎揮揮手，彷彿將軍命令小兵似的，叫馬斯凱坐在牀邊的椅子上，然後在牀頭拿起一面白板交給馬斯凱，他則拿起身旁一支粗黑色的油性馬克筆，在白板上寫下：馬醫師，謝謝你。

馬斯凱抬起頭看着牀上的老人，一臉訝異。

隨後肖軍虎用一塊絨布拭去先前的字，再寫下：你沒錯，被捉去關並不可恥，可恥的是該救的病人你沒去救。

馬斯凱眼睛瞪得大大，腦袋頓時像缺氧般的暈眩。

肖軍虎拍拍他僵硬的手，再次把字拭去，寫下：別忘了傾聽你內心的聲音，因為你裏面住了一個善良的靈魂。

馬斯凱不再畏縮，一直緊束他心中的死結像突然被解開了，他感覺到前所未有的輕鬆和豁達，他輕撫老人的額，臉上充滿感激。

老人笑笑，寫下最後一行字：你能幫我做一件事嗎？

在肖軍虎離開的那個早上，肖國強再沒出現，就連遺體也是由僕人代領，看來他正布置他的兒童樂園。

肖國強再次發標，把圖書館改成大型綜合超市這件事幾成定局。

大正中學全體師生在週會中默哀五分鐘，並宣布在肖軍虎出殯當天派出儀仗隊，全校放假一天。

九塊厝大街每一根電線桿都繫上白布條，國防部長將親臨弔喪，各大電台的衛星新聞採訪車也陸續開到。

就在肖軍虎出殯前一天，肖國強、肖曉恩、江中立和診療所的同仁在診所的會客室聚集。不久，一個結領帶、西裝筆挺的高個兒走進來，他的皮鞋擦得雪亮，手中提着一個黑色公事包。

「相信大家都接到我通知，感謝大家百忙中抽空來到這裏。」高個兒從西裝的口袋裏摸出幾張名片遞給眾人，「我姓高，是肖軍虎先生委託的律師。肖先生生前交代，在他去世後第六天，把大家聚集到這裏，讓我代他宣布一件事。」

柯魯斯看着馬斯凱，馬斯凱說：「別看着我，我不知道。」

老爹交叉雙手坐在江中立身邊，小蔓則陪着肖曉恩依在窗旁，肖國強仍是一身外國名牌墨鏡、西裝和皮鞋，獨霸一整排沙發。

高律師從公事包裏拿出一份文件：「肖先生要我在這裏向大家宣布他的遺囑。」

四周寂靜無聲。

一、肖軍虎名下所有財產，包括銀行存款、股票、債券，全部撥交「九塊厝基金會」管理，每年的利息按比例分配，捐獻給大正中學、圖書館和九塊厝診療所。

二、大宅由子女肖國強和肖曉恩共同擁有。

三、圖書館為子肖國強所有，惟圖書館是九塊厝全體村民的共有財產，不得轉賣、不得變更用途，子肖國強有責任維持圖書館運作順暢，並委託江中立先生監督執行。

四、葬禮一切從簡，不舖張、不發訃文、不用人弔喪，死後遺體火化，不建塔，骨灰撒在九塊厝西南方的山麓下。

宣讀完畢，高律師收起文件說：「這是肖軍虎先生一個月前重訂的遺囑。」他提起公事包，走到肖國強前面，從西裝左側的口袋掏出一封信：「這是肖老先生委託我交給你的。」

肖國強從頭到尾不發一言，他失神的坐着，身體都陷在沙發裏，沒伸手去接，高律師把手中的信對折，塞進肖國強的口袋裏。從宣布遺囑開始，他的名牌人生即時結束，往後能夠穿上中低檔牌子就很不錯了。

三天之後，肖曉恩一身素衣打扮，肩上仍掛着那個彩色布製小背包，出現在診療所門口。她向所有人深深鞠躬說：「這些日子給大家添麻煩了，謝謝你們的照顧。」

小蔓上前摟住她說：「以後記得常來玩喔。」

她點點頭，雙眼紅通通的泛着淚光。

馬斯凱走前去，他拿出一個小包裏放到肖曉恩的手裏：「這包鳥結糖是肖老先生生前託我給你買的。」馬斯凱說着，握緊她的手，「他要我告訴你，你是他這輩子最大的驕傲。」

**三十年前的某一天**

爸爸問孩子說：「長大後你想做什麼？」

孩子大聲說：「我要蓋一間房子給爸爸住。」

爸爸興奮地說：「怎樣的房子？」

孩子想了一會，看着前方金碧輝煌的廟宇說：「金光閃閃的房子。」

肖國強孤單地站在他精心布置的靈堂前，肖軍虎大大的照片就掛在前面。他攤開緊握的拳頭，信封已被揉成一團；他慢慢把每一個皺折攤開，抽出裏面的信，一張草紙，上面只有一句話，他看着父親的照片，這句話彷彿正從父親嘴巴裊裊道來：

「孩子，你不是說過要給我蓋一幢金光閃閃的房子嗎？書中自有黃金屋。」

① 白菜：對昏迷病人的不禮貌稱呼。

# 4

八月，空氣在燃燒

# 愛國代言人——豬頭

八月午後的太陽很毒，照得每一棵樹、每一寸草都抬不起頭。在九塊厝診療所內，抬不起頭的還有柯魯斯，他從早上起牀後就不停在打瞌睡。直到救護車駛進來，柯魯斯還在做他的春秋大夢，臉枕在桌上，一潭口水快淹到他的鼻子。

馬斯凱往柯魯斯的後腦杓拍了一下，柯魯斯睡眼惺忪爬起來，抹了抹臉上和嘴角邊的口水，趕緊跟着馬斯凱，往診療所大門走去。

救護車上的病人被抬下來時，在我腦海中留下的第一印象是：營養不良的香蕉。

病人躺在擔架上，是個消瘦的老人，臉色蠟黃，全身上下都被一綑粗棉繩束縛着，像一具木乃伊，動彈不得。

病人抿着嘴，眼睛瞪得大大，鼻孔噴着氣，不發一語。

「病人怎樣？」馬斯凱問。

「說實在，我們也不是很清楚，」隨車的醫療人員回答說：「我們接到 119 就趕過去，到了就看到病人已被綑成一團，報案的太太說她的丈夫病了，非要我們把他載來這裏不可。」

「天啊，」病人歎了一口氣說：「我說了多少遍，我沒病，幫幫忙把這鬼東西解開吧。」

「豬頭！你快快給我閉嘴！」聲音從天而降，說話的是個老太太，身高五呎左右，體重九十公斤上下。我可以加個註腳：像極一隻矮矮胖胖的中國茶壺。

老太太的頭髮雖已花白，說起話來可是中氣十足。「這裏誰是醫生？」老太太又再大吼，「穿白衣服的笨蛋都跑到哪兒去了？」

「老婆婆，」柯魯斯一個箭步走前，「這裏是醫院，不能喧嘩。」

「笨蛋，你是穿白衣服的嗎？」老太太仰起頭瞪着柯魯斯，全身上下打量他一番說：「沒穿白衣服的都給我滾到一邊去。」

柯魯斯吃了一記悶棍，黑着一張臭臉。

「你們不能等一下再說嗎？」病人像一隻蟲子般在擔架上蠕動，「先幫我解開這些繩子吧。」

「死豬頭，沒有我的命令，看誰敢放開你。」

馬斯凱看着柯魯斯，壓低聲音說：「說實話，我真的不敢。」柯魯斯連忙點頭。

沒人敢碰一下那綑棉繩。那一刻，擔架上的老傢伙，成了世界上最可憐的人。

後來馬斯凱終於知道，這個「豬頭」叫龔瀚良。

病房內，除了天花板上三葉風扇發出的嗡嗡聲，安靜得很尷尬。

龔瀚良躺在牀上，老太太坐在病房一角，馬斯凱和柯魯斯站在門邊，三者形成一個等腰三角形，這道三角習題還真有點複雜。

龔瀚良的束縛已經解除，但得遵守一個規則：閉嘴。

「老太太，」柯魯斯和馬斯凱早已穿上白袍，柯魯斯還煞有介事的結了粉紅色領帶，「現在你可以告訴我們到底是怎麼一回事嗎？」

「講到這個豬頭，我就有火。」老太太站起來，背對着陽光，看起來像一隻小一號的熊，「這個豬頭在找死。」

這時，牀上的龔瀚良嘴角突然動了一下，老太太眼角馬上閃過一道犀利的光束，他又乖乖的別過頭。

「你說龔先生找死，是指他想自殺嗎？」

「這隻死豬的行為和自殺沒兩樣。」老太太轉過身來對着馬斯凱，「自從他從城外的醫院回來後，就不曾吃任何東西，連一粒米飯也沒有吞下。」

柯魯斯再次看牀上的病人，他四肢軀幹像根竹竿，別說脂肪，連肌肉也開始萎縮了，這一副軀體，即使被微風颳一下，大概也會飄起來吧。

「看來龔先生的黃膽很嚴重，他的肝臟出了什麼問題嗎？」

「城裏的醫生說，他胰臟長了一顆東西，壞東西。」老太太臉上露出憤慨，臉頰突然紅了起來：「這個死豬頭，沒來由的長一顆這樣的東西幹什麼呢？」

柯魯斯在馬斯凱耳邊輕聲說：「聽起來，好像是胰臟癌。」

「胰臟癌，壓迫到膽管開口，造成阻塞性黃膽。」馬斯凱加註。

「城裏的醫院有建議開刀嗎？」柯魯斯問。

「那些蠢蛋當然有給他開刀，」老太太說着，咬牙切齒，「都是你們這些白衣服的笨蛋，他們把他的肚子剖開，說了句什麼『喔，可憐，沒得玩了』，就把他的肚子關起來了。」

「聽起來好像很不好。」柯魯斯喃喃道。

老太太突然從椅子上站起來，怒髮衝冠，她指着柯魯斯說：「笨蛋，如果你以後還敢說什麼『喔，可憐，沒得玩了』，或是什麼『聽起來很不好』這些蠢話，我會把你的舌頭切掉。」她眼睛睜得大大的瞪着柯魯斯，「你到底明不明白我在講什麼？」

「是的，小的明白。」柯魯斯溫馴得像隻小狗。

「後來呢，」馬斯凱問道，「城裏回來後又發生了什麼事，是沒胃口嗎？為什麼不再吃東西了？」

「城裏回來後，」老太太的聲音漸漸變得很輕很模糊，彷彿每一串句子都剛從淚水中撈上來，「他就不再吃，我哪曉得這個豬頭為什麼不吃東西呢？」

## 泛黃的口琴

龔瀚良平和地躺在牀上，一臉呆滯，像一根腐朽的木頭，身上綑綁着的繩子已經不再是他的枷鎖，他心裏好像還有一把更牢固的鎖，把他緊緊鎖着，緊得不容他滲出一絲氣息。他是活着，卻在等死。

老太太說回家給龔瀚良帶些日常用品，就離開了醫院。

病房空蕩蕩，白色的地板，白色的牀，一個始終閉着嘴的老人。不知道他是不愛說話，還是不想說話。

馬斯凱走上前，老人閉着眼睛，臉上看不出絲毫表情，曾經出現在臉上的喜怒哀樂，退化成木訥的皺紋，深深烙在蠟黃的臉龐上，像一個木雕面具。

「龔先生，我知道你還沒睡，」馬斯凱拉了張椅子坐在病牀邊，「那個可怕的老太太暫時離開了，你和我之間沒有協定，你是不是想開口講些什麼呢？」

老先生雙眼慢慢睜開，眼神充滿祥和，「小兄弟，麻煩你一下，」他指着擱在牀邊椅背上一條長褲，「麻煩你把褲袋裏的東西拿給我。」

馬斯凱拿起褲子，用手探了探前面的袋子，再探探後面的，摸到一條硬梆梆的東西，他拿出來，是一把口琴，不知道是不是錯覺，竟感覺到口琴還有一點點溫度。

那是一把十六孔的半音階口琴，古銅色的金屬外殼，泛着亮麗的光澤，熠熠生輝，彷彿在訴説遙遠的過去和美好的記憶。

馬斯凱把口琴遞給龔瀚良，老先生面帶微笑伸手接過。他用乾癟的手指緊緊握着口琴，放到嘴邊，滿足的閉起雙眼。短短的口琴在老先生薄薄的雙唇之間滑動，一輪清幽的旋律隨即響起，充滿了整個房間；音符如淚水潸潸而下，落到心坎裏，又掉到宣紙上暈開，滲透每一條纖維。這種情緒叫憂傷。

「我叫她薇薇。」老人開口了，他把口琴放在牀邊，溫柔的注視着馬斯凱，「就是你説『那個可怕的女人』。」

「是嗎？名字和外表連不起來。」馬斯凱笑了一下。

「父母給我們取名字是年幼的時候，」老人也笑了，「等到老了，名字就很不搭調。」

「你恨她嗎？」

「我從沒恨過一個人，」老人頓了一下，「除了我自己。」

馬斯凱靜靜的注視着老人，猜不透在這一副慈祥的臉孔背後，為何包裹着一顆陰鬱的心。

「我將要死了。」老人臉上是釋懷的表情，彷彿在説別人的事，「畢竟身體是自己的，我比誰都要清楚，這一副快要腐爛的身體躺在牀上已經半年了。」

「就是這個原因，你拒絕進食嗎？」

「你知道死亡的感覺嗎？你知道死可以很簡單，也可以很困難嗎？」老人沒有回答馬斯凱的問題，說完只低着頭，摸着泛黃的口琴。

馬斯凱輕握老人的手，「龔先生，你要知道，你若再不進食，我們就會替你插上鼻胃管強制灌食了。」

「這一年來，我進出醫院不下十次，每一次出院，我都告訴自己，我決不會回來了。」老人一臉平靜，他停頓一會說：「後來我改變了主意。」

「改變主意？」

「是的。」老人點點頭，「每一次入院，我都希望自己不要再出去。」笑着看馬斯凱說：「死了，不是很好嗎？」

「你現在這個樣子，身邊的人都會很擔心。」馬斯凱把每個字音都咬得非常清楚，他希望這句話至少能有一點說服力。

「年輕人，你有沒有想過，如果我死了，能讓身邊的人過得更好呢？」老人伸出手來拍拍馬斯凱，「這些日子以來，我不光是一直躺着的，疼痛時不時侵襲我，我在牀上張着嘴巴大喊，全身上下冒着冷汗，對於病痛，我是可以忍受的，」老人抿起了嘴，「惟獨我無法忍受看到她那一張憂戚的臉孔。」

「你指那個兇巴巴的女人？」

老人臉上的皺紋全揚起來，原來甜蜜是不分年紀的，幸福的笑容即使出現在一張行將就木的臉上仍是那麼純真，看起來像情竇初開的小伙子。

「我告訴過你了，」老人說：「那個兇巴巴的女人叫薇薇。」

「是的，薇薇夫人。」

「春秋戰國時代有個美人兒叫西施，東漢末年有個美人兒叫貂蟬，到了你們這個年代好像有一個叫林志玲的，」老人說：「而我那個年代就只有一個，她叫陸薇薇。」

「我想不通，」馬斯凱說：「她這樣對你，還把你綑綁起來。」

「你現在不用急着去明白，」老人說，「等你找到一個真正心愛的人，就會懂了。」

老人的視線離開馬斯凱，仰起頭把線視投向天花板，嘴巴喃喃的說：「如今，我才真正覺悟，如果我的離去，能讓她收起所有憂傷，這一切都是值得的。」話說完，就像時鐘突然斷電，一切又回到了沉默。

老人乾癟的手緊緊握着泛黃的口琴，十六個黑幽幽的孔裏頭，填着滿滿的過往，彷彿只要輕輕一吹，這個孤獨的房間就會充滿了故事。

## 訪客

夏天的陽光持續曝曬，燃燒的空氣在每一個角落裏流動，無論動物還是植物，活動力都降到零。

一個戴鴨舌帽的老人踽踽走進診療所，他身上穿着一襲老式灰上衣，西裝革履，右手拄着拐杖，左手擰着一條手帕不斷往臉上拭汗。

他在走廊上一直往前走，兩旁共有五間病房，他一直走到最後那間病房才停下腳步，探頭在門上小小的玻璃窗往裏面看。

他駐足門外，歎氣，躊躇應否踏進去。待他轉身放棄時，柯魯斯一手搭在他肩上：「先生，你是來探病的嗎？」

老先生一臉訝異，臉上閃過一抹尷尬，低了頭，忙不迭的搖搖手說：「不是的，不是的，找錯了，不好意思，我要找的人住在第三病房。」說完，就快步離去。

「可是，第三病房是空的。」柯魯斯一臉疑惑。

老先生停下腳步，慢慢回過頭對柯魯斯說：「那一定是其他病房了。」

柯魯斯慢慢走向老先生，「現在可是淡季，除了第五病房外，都沒有病人。」

為免老先生尷尬，柯魯斯輕輕挽着他的手說：「來，進去看看，或者病人真是你的朋友呢。」

柯魯斯把房門推開。

「你來了。」

「嗯，」老先生拉了把椅子坐下，雙手緊握着從頭上摘下來的帽子，「老龔，你看起來好像不怎麼樣呢。」

「聶天年，你是來看我呢，還是來咒詛我？」龔瀚良把手伸出來，聶天年趕緊握住，「不過也用不着你來咒詛，就像你看到的，我這副身子也捱不了多久。」

「老龔，你胡說什麼！」聶天年把他的手握得更緊了，「活長活短怎由得你來決定？」

「天年，我剛注意你很久了，你在外頭一直兜圈子，為什麼拖到現在才出現呢？」龔瀚良愉悅的笑着，「而且還像個小孩子，要別人牽着你才肯進來。」

聶天年搖搖頭說：「你把自己弄得瘦巴巴的像個吸血鬼，誰還有勇氣進來看你呢？」

**聶天年和龔瀚良**

聶天年比龔瀚良晚八天出生，那天剛好發生二二八事件[①]。

父母是本省人，聶天年一出生就在一片風聲鶴唳中交託給鄰居照顧，龔瀚良和聶天年在往後的日子裏，成了密不可分的朋友。他們倆正是名副其實吃着同一對奶子長大的。

所謂的友誼有時是逼不得已的。

要是有兩條冰棒，誰願意一條冰棒兩人吃？

要不是褲子不夠穿，有誰會穿着同一條褲子打天下？

他們曾經聯手把一個惡漢的門牙打掉，因為一個人打不贏。

在村人眼中，他們是哥兒倆。然而，這對像雙胞胎的兄弟，卻因為一件事，為了相同的執著和堅持，最後不歡而散。

話說回來，他們的堅持簡單得有點可笑：他們堅持愛上同一個女孩。

馬斯凱和柯魯斯站在診療所外的大樹下。

龔瀚良入院已經第三天了，除了喝一點水，他閉口不吃東西，哪管是一粒米飯。

「再這樣下去他會死的。」柯魯斯說。

馬斯凱把玩着手中的樹枝，「我和老爹提過插鼻胃管的事，可是他好像不贊同，老是說些讓人沮喪的話，什麼再觀察幾天看看之類的。」

「叫一個人開口吃飯真的那麼難嗎？」柯魯斯說，「還是我們遺漏了什麼？」

「一把鑰匙。」

「什麼？」

「一把鑰匙，打開嘴巴的鑰匙。」馬斯凱若有所思的說，他們看着前方，聶天年正拄着拐杖朝他們走來。

## 芭芭拉巴拉事件

雖然喝的是同樣的奶水，聶天年長大後當了校長，龔瀚良則被認為腦袋有點短路，事緣他曾經幹了一件「可歌可泣」的大事，後人都稱之為「芭芭拉巴拉事件」。事件已收入九塊厝的野史，被列為開村以來「最不得了」的第一樁事。

我先解釋一下：「芭芭拉」是名詞，「巴拉」是象聲詞。

一九五八年八月二十三日。當中國人民解放軍第一枚炮彈掉落金門，緊接的是對岸擠得滿滿的數百尊大炮向金門各島狂轟猛炸。中共透過福建沿岸各大大小小廣播站，不斷喊着：「攻取金門馬祖！武力解放台灣！」台灣上下，人心惶惶。

九塊厝大正中學的司令台前，坑坑洞洞的草場上站着一百多位學生，白色校服，褐色卡其褲，臉上掛着同一號嚴肅表情，微微仰起頭，目不轉睛的注視前方：一面青天白日滿地紅國旗在陰霾籠罩的天空下冉冉升起。疾風強勁的吹送一地落葉，像是山河破碎的國土。

「同學們，」一個穿着黑色旗袍，身材些微臃腫的女人站在司令台上，「國家正面臨生死存亡之秋，傾巢之下無完卵，讓我們團結一致，捲起袖子舉起拳頭，為衞國保鄉而戰！」

她是大正中學校長。國民黨戰敗後，她一個女人家，毅然離開那一片種滿油麻籽的土地，在父母牀頭的油燈下壓了封道別的家書，孤身一人隨蔣介石渡海來台。如果問什麼叫愛國，她的名字就是愛國。不過，愛國者的名字都不容易唸出口，全校師生背後都叫她「芭芭拉」。

「國家興亡，匹夫有責。」她的臉不大，卻掛着一副過大的黑色粗框眼鏡，薄薄的嘴唇深藏打不動的堅毅，她樣子皎好，卻從來不敷一點胭脂水粉。「所以，打從這個星期開始，」芭芭拉銳利的眼神像老鷹一樣，掃射講台下百多個站得筆直的師生，「每一位同學，每個星期都得寫一封鼓勵信，我們會把信寄到前線去，給奮命作戰的國軍弟兄打氣。偉大的蔣總統萬歲！千古永存的中華民國萬歲！」說完，她高高舉起雙手。

此時此景，我好像在哪兒見過？一九四一年，柏林波茨坦廣場，說話的是希特拉。

龔瀚良站在學生隊伍中，剛升上高中一年級的他理了個小平頭，很努力地立正站好。除了灰色天空下的國旗，引起他注意的，還有眼前四十五度角，穿過兩個胖嘟嘟的女生，從她們身影的狹窄空間望去，端莊的站着一位清湯掛面的短髮女生——纖瘦、細緻、靈巧，仿如天使。

頓時，他眼前所有事物同時失焦，成了白茫茫一片，惟一清晰的只有她天使般泛着亮光的身影；失焦的還有聲音，司令台上的聲嘶力竭，對龔瀚良來說已糊成一團。

「小龔，」身後的聶天年壓着嗓子喊着，「別亂動，快站好！」

龔瀚良像服了蒙汗藥，身體左傾了四十五度，嘴巴中風似的微微張開，雙手酥鬆的垂在兩側。

「小龔！」聶天年用腳往他的屁股踹了一下。

下面的騷動，司令台上看得明明白白。

「第七排第六位同學，你在幹什麼？」芭芭拉點出了龔瀚良，全校師生一片嘩然，頓時把目光投向他。

龔瀚良仍神遊太虛，只見那位女生突然轉過頭來望着他，不斷向他比畫，手指不斷指向司令台，示意他趕緊立正站好。

可是龔瀚良不僅看着她傻笑，還不斷向她揮手。

聶天年搖了搖頭，歎了一句：「豬頭。」

中午下了一場雨，天空突然明亮透徹得像水晶。隨着午後過去，太陽逐漸西斜，山的那一頭像火燒似的通紅。

田裏的蟾蜍開始發出求偶的鳴叫，大海另一頭，倦鳥歸巢，牠們斑斑點點的身影井然有序，掠過水面划過天際。

龔瀚良一動不動站在蔣介石總統的銅像旁邊，遠遠望去，在夕陽的剪影下，實在分不出到底哪個才是銅像。

「國家正處於水深火熱，你竟然還在發呆。」集會結束，龔瀚良被叫到芭芭拉面前，她全身每一根肌肉因憤怒而顫抖，心靈深處最神聖的圖騰被活生生踐踏，芭芭拉氣得滿臉通紅，青筋浮現，鼓起的鼻翼嘶嘶的冒着氣，龔瀚良真擔心她會突然血管爆裂中風暴斃。

「你知不知道何謂國破家亡？你對得起我們這個國家、我們這個民族嗎？」

龔瀚良實在搞不懂，偶爾發呆和國破家亡有什麼關係。儘管如此，他站在蔣介石銅像跟前，大半天後，已深深體會「偉大蔣總統捨身取義的情操」。

最後的鐘聲響起，同學相繼離去，此時此刻，校園比墓園還要安靜。龔瀚良百般無聊的歎氣，抬頭望着這一尊上了烏漆的銅像，無論教室抑或廁所的牆壁，小硬幣或是巨額鈔票，每一齣電影的開場和每一篇作文的結束，這位總統都如影隨行、無所不在，感覺既熟悉又陌生。

「你在幹嘛？」聲音嬌滴滴，像徐徐掠過的清風。

龔瀚良一怔，踉蹌跌倒地上，站在眼前的，是集會上那個纖瘦又秀氣的女生。她微微歪着頭，頭髮輕輕垂在她的右臉頰。

「是你？」

「你認識我？」

龔瀚良傻呼呼的搖了搖頭，女生微微笑，彎下身子看着跌坐地上的龔瀚良，然後伸出右手：「我叫陸薇薇。」

愛情，像吸飽水分的種子，在肥沃的泥土扎了根，茁壯萌芽。

然而，小人物在大時代裏的愛情，再怎樣轟烈，也只能點到即止。五十年代神聖的校園，戀愛和瀆教一樣，是窮兇極惡、犯禁的。校園裏的龔瀚良和陸薇薇，始終保持着一百公尺的距離，然而距離阻擋不了兩人走廊上的眼神交會、草場上靦腆的微笑，還有彼此的朝暮思念。

於是，他們每天最期盼的，就是放學一刻的鐘聲，隨着學子踏踏散去，龔瀚良就往草場跑，痴痴的站在偉大蔣總統的銅像旁，這是他們心照不宣的約定。

夕陽的餘暉把銅像的身影拉得好長，將翠綠的草地染得一片通紅，影子末端走來陸薇薇輕盈的身影。

他們沒有說話，只喜歡往海邊走，在伸向外海的防波堤上，聽那不斷拍打的浪潮，看漁船踽踽進港，看水鳥掠過海面，直到紅通通的夕陽消失於海平面下，龔瀚良並着陸薇薇的肩，把她送到家門口。

「晚安」通常是他們每天惟一的話。有些事情不需要太多語言，愛情是一面水晶，愈是簡單，愈晶瑩剔透。

戰爭打得火熱，蠢蠢欲動的不安開始在平靜的九塊厝浮現，有人開始屯糧，有人偷偷把紙鈔換成黃金，有錢人家則千方百計把兒女送往國外，包括陸薇薇的老爸。

這個午後下着毛毛雨，夕陽和彩霞已不復見，取而代之的是一片灰濛。龔瀚良獨個兒站在銅像旁，毛絨般的雨水濡濕了他白色的校服。放學鐘聲響了超過半小時，陸薇薇還未出現。

在教室的那一方有個模糊的、撐着傘的身影，往草場走過來，龔瀚良笑了笑，用手背抹去臉上的雨水，向前邁出幾步，卻當場楞住。

「龔同學，都下課了，又下着雨，你站在這裏發什麼呆？」芭芭拉像一根筆直的木樁子站在龔瀚良面前。

與其說是驚恐，不如說是對期盼的深深失落。

「龔同學，」芭芭拉板起臉孔，「你說，都放學了，為什麼還不回家？」

龔瀚良嚇得往後一退，身子一軟靠在銅像腳邊，他適時抱着銅像的腳跟說：「報告校長，經過你上一次的教誨，直到現在我仍然慚愧不已，」龔瀚良雙手把銅像抱得更緊，「我只希望多待在這裏片刻，盼能更深感受我們『偉大蔣總統捨身取義的情操』。」

雨還是淅瀝淅瀝的下，打在兩張恍惚的臉上。

芭芭拉頓時激動得連雨傘都掉到地上，一個勁兒蹲下來抱着龔瀚良，嘴巴抖着，發不出一粒聲音。最後，她站起來，向着教室方向狂奔，像中了彩券頭獎般吶喊：「我們的孩子有救了，國家有救了，中華民國有救了……」

龔瀚良吁了一口氣，險境是度過了，只是，薇薇去了哪呢？

芭芭拉仍是一天到晚喊着中華民國萬歲，牆上只要有空間的地方，她都貼上青天白日滿地紅國旗。下課後，龔瀚良依舊站在銅像旁邊痴痴地等，無論平日假日，抑或颳風下雨；此舉除了得到芭芭拉的青睞，龔瀚良還被選為「最有潛質愛國代言人」，獲邀在下次週會發表演説，可是陸薇薇卻一直沒有出現。

不知從何時起，陸薇薇竟和聶天年走在一起，無論是吃中飯抑或在教室一角討論功課。

再也按捺不住的情緒終於在一個炎熱的午後爆發出來，在回家的路上，龔瀚良扯着聶天年的衣領，把他壓倒在路邊的田埂上，怒吼道：「你給我説清楚，為什麼薇薇會和你在一起？你是不是喜歡了薇薇？」説着説着，龔瀚良的眼淚潰堤似的流出來，發出陣陣啜泣，「還是薇薇喜歡上你了？」

「你瘋了，」聶天年被壓在地上，全身幾乎動彈不得，「你是哪根腦筋不對了？」龔瀚良掄起拳頭猛揍，聶天年嚥不下這口氣，一個翻身便跟龔瀚良在田埂上扭打起來。

直到雙方打得手腳發麻、鼻青臉腫才分開，他們滿身沙子泥巴，仰躺在地上，涼涼的風吹過發疼的臉頰，他們吁吁的喘着氣。

「你真是個豬頭。」先開腔的是聶天年，「你腦袋長了草嗎？你沒有感覺嗎？」

「感覺？什麼感覺？」龔瀚良早已筋疲力盡。

聶天年呵呵笑着，笑得肚子也痛起來：「你剛才問我是不是喜歡薇薇，還是薇薇喜歡我？」聶天年把頭轉向龔瀚良，「你只說對了一半。」

「你到底想說些什麼？」龔瀚良也轉過頭來面向聶天年。

「我說，你這個豬頭只說對了一半，」聶天年笑着，笑聲中帶着些許苦澀，「沒錯，我是喜歡陸薇薇，可是，她並沒有喜歡我。」

「什麼？」龔瀚良一張臉糾了起來，「你不能把話講清楚嗎？」

聶天年的眼神突然變得很嚴肅，「有一天午休時，陸薇薇走過來找我，要我幫她做點事。」

「什麼事？」

「她着我幫她，令你離開她。」

龔瀚良從田埂坐了起來，聶天年也坐起來。

「她拜託我這陣子假裝和她在一起，好讓你這個豬頭死心。」

「這到底是為什麼？我還是搞不懂。」

「她希望你們之間就這樣結束，在事情未開始前就結束，她說這樣你會比較好過。」聶天年說着，「雖然我看得出她也很痛苦。」

「什麼事情開始前？」龔瀚良看着一臉無奈的聶天年。

「這就是我說你是個豬頭，」聶天年歎了一口氣，雙眼茫然看着天空，「陸薇薇要走了，她父母下個月要把她送去加拿大。」

距離陸薇薇離開還有一星期零三天、十二個小時八分零五秒。龔瀚良打算做一件事，不論後果如何，否則必定後悔。

八點鐘晨會準時開始，大夥們咧着嘴巴，國歌唱得響徹雲宵，國旗在歌聲中冉冉升起，有如風箏在蔚藍色的天空飄盪。

風停了，搖曳的樹葉止住了，像電視機定格的畫面，百多位師生聚集草場，整齊的列隊立正站好；圍繞着校園的鐵絲網籬笆外，擠滿了九塊厝的村民，一起看着前面的司令台。

這個早上，「最有潛質愛國代言人」將在這裏發表演說。

這可是創村以來的大事呢！司令台上，除了芭芭拉，還有董事長、家教協會理事長、教務長、學務長、訓導主任，如果不是因為女兒要出嫁，教育部長大概也會報到。除此之外，還有銅像蔣介石先生，應芭芭拉的堅持被搬了過來，就大剌剌的站在講台旁邊。

當一切就緒，儀仗隊奏起振奮人心的管弦樂，隨着高亢的旋律結束，演說即將開始，萬眾屏息以待。

芭芭拉搶先發言，她先交代了國共交戰的歷史，再朗讀至少兩章「三民主義」，然後訴說如何在百多位學生中，發掘出「最有潛質愛國代言人」，當然，也少不了提到龔瀚良這兩個月來，風雨不改站在蔣公銅像旁感受「蔣總統捨身取義的偉大情操」的經過，一切的鋪陳就是為了這一句：「讓我們恭請龔瀚良同學上台！」

台下掌聲至少持續了五分鐘。龔瀚良一身筆挺的校服，臉上從容，站在講台前風度翩翩，芭芭拉既興奮又驕傲的站到一旁，彷彿正觀看自己的小孩上台領諾貝爾獎。

龔瀚良對着麥克風，溫柔的看着陸薇薇。「或許，我站在這裏並非偶然，」龔瀚良的聲音嘹亮，從雲端露出的太陽正好打在他光鮮的白色校服上，讓他看起來閃閃發亮，「冥冥中有一雙手把我送來這裏，好讓我能夠告訴你，以往的一百多個日子，我是多麼的珍惜。」

場裏場外噤若寒蟬，芭芭拉早已淚流滿面。

「薇薇，」龔瀚良的眼神更加堅定，「我在這裏的時間不多了，接下來我要講的話，希望你能夠仔細地聽。」

像一顆石子投進平靜的水潭，馬上泛起一波漣漪，台下出現陣陣騷動。

「不管我是哭着，還是微笑着向你道別，我們經歷的是一段不容遺忘的過去，也許潮夕的更迭終會到了尾聲，當一切曲終人散，我不奢望眾人的喝采，只求你臉上那一抹微笑。」

台下騷動已變成七嘴八舌，大夥開始議論紛紛，一場華麗的諾貝爾頒獎典禮，為什麼成了羅蜜歐與朱麗葉的感情告白？

芭芭拉如夢初醒，彷彿有人在她的後腦杓敲了一下，她抿起雙唇，疾步走向龔瀚良。

「薇薇，」龔瀚良看着台下雙手摀着嘴巴泛着淚光的陸薇薇，「我懇求你屏息聆聽……」

芭芭拉右手揪住龔瀚良，左手準備搶奪麥克風，就在千鈞一髮之際，龔瀚良不曉得哪來的勇氣，一個左勾拳就往芭芭拉的下顎揮去，麥克風傳來「巴拉」——清脆的骨頭斷裂聲音——傳遍每個人的耳朵。

芭芭拉腦袋空白，一個踉蹌就往台下倒去，雙手反射性地亂揮，期盼銅像成為她惟一的救贖，她使勁抱着身邊的蔣介石，兩個「人」就此掉到台下。

龔瀚良仍手握着麥克風，不徐不疾的説：「薇薇，我知道你快要離開了，我只想你明白，無論只剩下一個月兩個月，一天兩天，或是一秒兩秒，我永遠愛你。」

語畢，教務長、學務長、訓導主任、家教協會理事長，一窩蜂的把龔瀚良壓倒在地，台上台下一片混亂。

惟獨台下的聶天年氣定神閒的站着，輕輕吐出一句：「真是個豬頭。」

聶天年把「芭芭拉巴拉」事件的始末告訴了馬斯凱和柯魯斯。前後又過了三天。三天來，龔瀚良的嘴像被焊接了，不曾張開過。

憤怒的老太太（也可以叫她薇薇夫人）一天到晚在診療所走來走去，一會兒罵柯魯斯豬頭，一會又數落馬斯凱沒用。

馬斯凱看着發飆的老太太，想像着「芭芭拉巴拉」故事，眼前這個臉胖胖、頭髮蓬亂、體形像個茶壺的老婦，真是故事中的陸薇薇嗎？美麗的愛情故事和現實世界到底存着多大的差異？

入夜後的九塊厝開始轉涼，遠處吹來的風，帶着海水特有的腥味。馬斯凱點了根菸，坐在診療所外的大樹下，這些日子，他感覺到自己又有些許不同，原本麻木不仁的他，説也奇怪，竟然對這平淡的生活生出感動。他説不出這只是心理層次的暫時變動，還是從他劣質的基因根部起了變化，至少到現時為止，他還是很享受這種感覺。

正想動身回診療所，他發現通往二樓的樓梯間有一個黑影。

是薇薇夫人。她的黑影在狹窄的樓梯口顯得有點太大，馬斯凱靜靜站在大門旁，注視着她不斷抖動的身影。他本想上前和老太太聊一聊，又擔心換來一頓臭罵。

恬靜中傳來陸薇薇斷斷續續的抽噎，像小貓在哭，在午夜的診療所內拉得細細長長。

月光從樓梯上緣的窗檐灑進來，不偏不倚落在陸薇薇身上，馬斯凱注意到她臉頰上的兩行淚。她低頭，雙手輕輕放在胸前，十根指頭握着的正是龔瀚良泛黃的口琴。

過了一會，她拭去臉上的淚，銀色的月光在臉上暈開，她嘴角掛着祥和的笑容。馬斯凱第一次不再懷疑她曾經擁有過的嫵媚與溫柔，歲月改變人的容貌，卻無法改變人的心靈深處，過去陽光般的笑容再次在她臉上浮現，不同的是，現在的笑容摻雜着歲月的滄桑和淚印。

陸薇薇緩緩舉起手中的口琴，放到嘴邊，溫柔得像跟情人的初吻。

陸薇薇輕輕的吹，毫無節奏的單一音調隨彈簧片的振動傳出來，音符夾雜着溫柔和憤怒，無論是哪一種情緒，始終如漆黑夜空中僅存的一兩顆星星般孤獨。

聲音在一陣狂亂後戛然靜止，接着是陸薇薇更大的啜泣，更劇烈的身體顫動。

馬斯凱悄然離開，走到外牆邊，沿着排水管爬上二樓，打開沒有緊閉的窗戶，回到自己的臥室。

## 愛國代言人之妻

龔瀚良絕食的日子進入第九天。

要不是每天葡萄糖溶液注進他幾近乾癟的靜脈，他老早就跟我走了。

話雖如此，單純的葡萄糖溶液不過能維持他腦袋的運作，讓他得以睜開還算有神的眼睛，勉強從嘴巴擠出一言半語。

陸薇薇站在病房外，對醫護人員始終懷着敵意，「他不過是隻豬，你們連餵豬這麼簡單的活兒都不曉嘛！」大部分時間她在家裏準備食物，或坐在病房外的椅子上，只有三餐飯前她會大步跨進病房，對着牀上始終滴水不沾的龔瀚良臭罵一頓，然後匡啷一聲把一鍋稀飯或魚湯甩在牀邊的茶几上。

柯魯斯不理老爹反對，拿出鼻胃管，準備替龔瀚良強行置入灌食。馬斯凱擋住柯魯斯說：「也許，我們不一定要用到它。」

就在陸薇薇甩下第十鍋魚湯後，馬斯凱坐到她身邊。

房中只有陸薇薇的喘息聲，馬斯凱始終不發一言，直到陸薇薇從憤怒中平靜過來，轉過頭：「豬頭，你坐在這裏等我罵你嗎？」

「薇薇夫人，」馬斯凱看着眼前這位憤怒得快要把他壓在地上的老太太說：「或許我們可以替龔先生做一點事。」

我敢說，這是續「芭芭拉巴拉」事件之後，九塊厝第二件大事！

前陣子馬斯凱到大正中學找聶天年校長，好不容易說服他借用一件東西，他又找來柯魯斯和小蔓協助。

診療所內外擠滿了人，像嘉年華會。

「怎麼來了這麼多人？」馬斯凱驚訝的看着柯魯斯。

「你不是叫我盡可能多找一些人過來嗎？」柯魯斯一邊回答，一邊招呼不斷擠過來的人羣，小蔓則像派發救濟品似的，派發一包又一包的包裹。

「昨天我拜託王本善替我挨家挨戶通知，診療所有禮物送，天曉得怎麼會一下子來了這麼多人。」柯魯斯忙着勸阿婆不要插隊。

馬斯凱看一看所謂的禮物，有去年縣政府舉辦活動時剩下的毛巾和塑膠杯子，有上星期捐血車留下的牛奶和巧克力餅乾，還有一盒包裝精美、衞生署用來推廣家庭計劃的安全套。

馬斯凱推了柯魯斯一把說：「怎麼連這個也派，你不怕阿婆拿去給她的孫子當氣球吹？」

「這可是老爹的主意，」柯魯斯聳聳肩：「他說這快要過期了。」

時鐘走到中午十二點，聚在診療所的已不下百人。

柯魯斯把大夥集中在診療所外的草地上，就在大樹旁邊用好幾張長方形的木桌子搭起一個臨時舞台，台上拉起了醫療用的屏風，充當布幕。

百多位九塊厝的村民好奇地把舞台團團圍住。

然後，小蔓推着輪椅從診療所走出來，龔瀚良就坐在輪椅上，手上還打着一瓶點滴。

「小蔓姑娘，我不是說了嘛，今天我不想曬太陽。」龔瀚良的聲音雖然虛弱，卻異常清晰。

「龔伯伯，」小蔓蹲下來，笑着說：「今天我不是推你出來曬太陽，你看看這些人，今天這裏所有人都是為你而來的。」

龔瀚良一臉狐疑，小蔓則笑着示意他望向前方。

這時，診療所二樓架着的大喇叭突然響起中華民國國歌，在場所有人不禁一陣錯愕，但都本能地立正站好。國歌唱完，舞台上柯魯斯把屏風推開，大夥兒一陣歡呼，彷彿劉德華演唱會即將開始。

舞台上，站着馬斯凱，還有他在大正中學向聶天年借來的蔣介石銅像，當年它「捨身取義」和芭芭拉一同摔下舞台時弄壞的鼻子仍清楚可見。

馬斯凱拿起麥克風說：「現在，讓我們恭請『最有潛質愛國代言人』龔瀚良先生——」在場的人都把目光集中在舞台前龔瀚良身上，馬斯凱頓了一下後又接下去說：「——的太太——陸薇薇女士，為我們講幾句話。」台下人羣又是歡呼，又是吆喝。

龔瀚良嘴巴張得大大。

陸薇薇輕盈步上舞台，站在麥克風前。

聶天年拄着拐杖站在台下，正如當年那個黃毛小子穿着白色校服站在台下一樣。熟悉的場景，當日芭芭拉下顎骨爆裂聲猶在耳際，事過境遷，台上的人換成了陸薇薇，台下的人則換成龔瀚良。

和五十年前那天一樣，天空藍得像一顆寶石。

陸薇薇看着台下的龔瀚良，彼此嘴角都微微揚起，眼眶都泛着淚光。

「瀚良，」陸薇薇説：「你在聽嗎？」台下的龔瀚良抿了嘴，點點頭。

「那就請你屏息聆聽，這是你曾經對我講過的話，不知道你還記不記得？」陸薇薇説：「而我，即使過了五十年，那天你講的每一句話，甚至每一次停頓和換氣，我都不曾忘記。」

「或許，我站在這裏並非偶然，冥冥中有一雙手把我送來這裏，好讓我能夠告訴你，以往的一百多個日子，我是多麼珍惜。」

她的淚水承受不住情感的負荷，滾滾滑下。

「不管我是要哭着，或是微笑着向你道別，我們經歷的是一段不容遺忘的過去，也許潮夕的更迭將到了尾聲，當一切曲終人散，我不奢望眾人的喝采，只求你臉上那一抹微笑。」陸薇薇看着龔瀚良，四周的人也錯愕的看着龔瀚良。

他滿臉是淚，瘦骨嶙峋的手緊緊抓着輪椅的扶把，嘴角帶着驕傲的微笑。

「瀚良，」陸薇薇説：「我知道你即將離開，在你離開前，我希望你明白，無論只剩下一個月兩個月，一天兩天，或是一秒兩秒，我都永遠愛你。」

説完，陸薇薇緊緊閉上雙眼。

台下有一半以上的人哭紅了眼睛。

馬斯凱上前抱着陸薇薇，真誠的擁抱讓他感受到她體內那個善良的靈魂，陸薇薇溫熱的淚水淌在他的肩膀上，他得用盡力氣將她扶住，他感覺到她為了這幾句話，耗盡了五十年的力量。

## 最後一句話

九月，最後一片秋葉落下，龔瀚良走了。

我早就知道，他活不過六十七歲。

走前，龔瀚良每天至少吃了兩大碗稀飯，不管你相信否，他走的時候臉上浮現的，是比重生還要亮麗的光彩。

這句話你聽不到，是龔瀚良和我的祕密。他一手搭在我的肩上，呲着齒對我笑，我可沒看過這麼囂張的靈魂。

他說：「謝謝你留給我最後的兩個月，它為我寫下這生中最完美的句號。」

① 二二八事件:發生在一九四七年二月二十八日，最終蔓延全台灣的流血事件，被認為是當時民怨的大爆發。詳參「台灣大百科全書」http://taiwanpedia.culture.tw/web/content?ID=3838

# 5

炙熱的夜

# 掌車的心肝寶貝

馬斯凱脫下手套。

他用睥睨的眼神，看着手術台旁的住院醫師，住院醫師滿頭大汗。

眼前病人的腦袋瓜像發酵的麵團，從打開的頭顱內迸出來。

「馬醫師，」住院醫師像一隻驚慌的小鳥，「腦袋太腫了，頭皮闔不起來……」

馬斯凱拉下口罩，打從鼻子擠出一聲不屑的悶響。「你有沒有包過餃子？」馬斯凱輕蔑的說，「餃子包不起來就是餡太多，把餡去掉一點不就行了？」

「可是……這不是餃子餡……這是腦袋……」

馬斯凱拍一下住院醫師的肩膀，「你就當自己在包餃子好了。」

住院醫師突然像一個失智的呆子，根本無法面對眼前的殘酷：「怎可以？很殘忍……」

「小子，你不是茹素的吧？」

住院醫師眼眶滾動着淚水。

馬斯凱把手術袍一脫，離開了手術室。

住院醫師默默看着眼前血淋淋的頭顱，兩行淚水把他的臉頰劃成兩半；他拿起電刀，把多出來的腦袋一塊塊削掉。

## 消失的鐵路

凌晨五點，馬斯凱忽地從牀上彈起，大汗淋漓，口乾舌燥，噁心得想吐。

又是一場惡夢。熟悉的場景，熟悉的人，他對夢裏那個臉色蒼白，木無表情的人非常陌生，縱使他知道，那張臉就是自己的。

黎明的晨風早已沉澱到土壤底層，整個九塊厝只剩下不斷醞釀再醞釀的悶熱。

馬斯凱完全沒有睡意，為免打擾鄰房的柯魯斯，他從窗外沿着水管爬到地下，本想去找斯巴達，卻在路途上打住了，他不想讓這條老狗覺得自己要倚賴牠才能摒除心中的落寞和孤單。於是他漫無目的往前走。九塊厝大街是日治時代留下來的老街，扭扭歪歪往前伸延，路燈疏落有致的遙遙相隔，發出意興闌珊的土黃色光芒；兩旁的店舖大門緊閉，二樓窗口依稀傳來商戶一家大小的打鼾聲；一面面掛在門檐上的樟木招牌，像古蹟上的碑文，訴説着老街半個世紀的滄桑。

越過最後一間舖子，前面的路更顯荒涼，四周沒有房舍，取而代之是一排整齊的林木，遠處是暗沉沉的田埂和種了菜的小土丘；路收窄了，街燈間隔得比之前遠，只有斷斷續續的狗吠和此起彼落的蟲鳴。

不遠處就是「九塊厝火車站」，日治時代留下來黑色的「駅」字，仍清晰地刻在車站前木製的牌樓上。

馬斯凱駐足在車站前面，路軌兩旁是小孩嬉戲追逐的地方，儘管如此，這裏從沒發生過意外。

火車站以檜木建成，不到五十坪。前面是個小小花圃，入口處有一面三角形屋簷，鋪上灰綠色的瓦片，三角頂端豎了面中華民國國旗，屋簷下的黑色牌子寫上兩個時段的火車時間：早上七點、下午三點。售票處就在旁邊，是一個圍了木製欄框的小窗戶，裏面空無一人，只掛了個小銅鈴，彷彿在說：「有事請搖我。」

馬斯凱搖一下小銅鈴，發出一聲清脆的鈴鐺，沒多久一位穿着深藍色制服、頭戴寬緣帽子的矮個兒走出來，他胸前別了個「站長」的襟章。

「來了，來了，買票嗎？」

「我想請問，這裏有車直達花蓮嗎？」

「到花蓮沒有直達車，你要在大禹轉車。」站長打量着馬斯凱，摸摸鼻子說：「很少人這麼早來買票呢。」

「說實話，我是睡不着，走啊走的就來到這裏。」馬斯凱笑了笑。

站長說，「不介意的話，進來坐坐吧，我剛泡了咖啡。」

馬斯凱走上月台，往右側走，有個小房間，入口處有兩扇小門，就像西部牛仔電影裏的酒吧，馬斯凱推門進去。

「坐，坐，」站長說着，挪開藤製沙化椅上的雜物，「甭客氣。」

燈光下，馬斯凱才看清楚，站長年約六十，有一張方正的臉，五官輪廓很深，兩鬢雖斑白，卻剽悍壯碩，皮膚黝黑。

房中央放了茶几，其上的咖啡壺冒着蒸氣，小小的空間溢滿了咖啡香。

「你是外地人吧，」站長的聲音宏亮，說着也坐了下來，「這個鎮上每個人我都認得。」

「我在不久前被調來診療所。」

站長站起來，伸出手用力握着馬斯凱說，「不得了，原來是大夫噢，失禮了，失禮了。」

「大夫可不敢當，叫我小馬就行。」

「我姓丁，甲乙丙丁的丁，」站長豪邁的笑着，「因為我是掌車的，這裏的人都叫我丁掌車，小孩子則叫我丁丁車老伯，隨你怎麼叫。」

「丁老伯在這裏多久了？」

「民國六十三年到現在，」丁掌車説完，臉上有點惆悵，「今年剛好滿三十五年，也是最後一年。」

「丁老伯要退休了？」

「説退休也可以，」丁掌車的眼神飄向窗外的月台，兩頭延伸的鐵軌，宛如無盡延伸的愁緒，「難道你不知道嗎？這條支線將要關閉了。」

「為什麼？」馬斯凱臉上閃過一絲惋惜。

「和埔里集集火車站一樣，這個車站於一九一九年興建，當時日本政府為了運輸木材，它不過是花東線的支線，現在伐木業凋零，往來客運減少，鐵路公司年年虧損，這個月底就要棄用了。」

「這豈不是很可惜？」

「我已經是一個不中用的老傢伙，這個年頭不中用的還有這個車站、這個村落。」丁掌車看着馬斯凱，失焦的眼睛沒入深陷的眼窩裏，「年輕人走的走，散的散，勉強留下來的沒一個是有用的，家庭一個個崩分離析，當年我兩個小孩去了美國，我就叫他們千萬別回來，回來這個沒屁用的地方，不管你願不願意，這裏即將要沒落了。」

語畢，遠處傳來火車的氣笛聲，嗚嗚聲彷彿在呼喚即將消失的過去和未來。

「馬醫師，我先去忙，你坐一會。」丁掌車拉了拉筆挺的制服，往外走去。

馬斯凱隨他走上月台，丁掌車站在月台的黃線前面，火車慢慢駛進站頭，他先向司機鞠躬，打個招呼，然後面向月台，兩手臂奮力張開。

這時，馬斯凱發現，他左手少了一截食指。

「嗶——」，他把哨聲吹得長長。縱使月台上除了馬斯凱外空無一人，丁掌車仍一臉嚴肅的站直，眼神凜凜望着前方；直到五分鐘過去，火車又拉起氣笛，他再次吹響哨子，目送火車緩緩駛離車站。

馬斯凱看着火車穿過無際的稻田，將從黯淡的這一頭，駛向泛着魚肚白的山巒，就像每個想盡辦法要離開九塊厝的年輕人一樣，以為只要順着鐵路不斷往前走，就能見到曙光。

## 新的這一代

老爹這個人，坦白說，我不得不對他另眼相看，別看他四肢不甚發達，一臉累贅，走路做事都慢吞吞，可他有時會像個魔術師，能夠在人生旅途上最無趣的一段，變出一點花樣。

「小馬啊，有沒有興趣當一回小老師啊？」

於是，在這個烈日當頭的星期一，馬斯凱站在校門前，大汗淋漓，百般無奈。他仰起頭，瞇起眼睛，衝破陽光的紛擾，才看得見架在大門上的牌坊：大正中學。

當初老爹說，聶天年校長來找他，說學校組織了「聖約翰救傷隊」，學生要學一些基本的救護技能，盼望能推薦一位醫師當指導老師。

進去？不進去？不如回去跟老爹說不幹罷了。

就在他準備離開時，一個束了馬尾的女生向他跑過來，邊跑邊叫：「老師，老師，你來了，我們都在等你呢。」

女生吁吁的喘着，溫熱的鼻息快要撲到馬斯凱的臉上來。

「老師我們見過了，不知道你記不記得，有一回我帶弟弟到你那兒看病。」

馬斯凱點點頭，眼前這女生長了一雙水汪汪的眼睛，漂亮的雙眼皮，細細的眉毛掛在一張標緻的臉上，還有尖細下巴上的小嘴，薄薄的嘴唇，乖巧的耳朵。

「你幾年級了？」

「中學三年級。」她個子很高，眼睛幾乎和馬斯凱平視，然後伸出右手說：「我叫全菁菁，聖約翰救傷隊隊長，請多多指教。」

以往他對醫院的見習學生根本不屑一顧，稍不高興就把住院醫師臭罵一頓，更曾將病歷檔案往窗外一丟，洋洋得意的看着住院醫師夾着尾巴，狼狽地連跑帶滾下樓，把散得滿地的病歷一張張撿起來。

如今，台下二十多個學生、四十多隻閃亮的眼睛望向他，天真的微笑，表情充滿好奇和期待。馬斯凱站在教室的講台前發楞，有點不知所措。

「老師，」全菁菁站在他身旁，用手肘碰他一下，輕聲說：「你可以開始了，請先自我介紹。」

馬斯凱像回到醫學院，面對台下的莘莘學子，講解人體每一吋神祕的構造，訴説一個又一個感人故事，他生平第一次感到，身為老師可以如此驕傲；他享受在台上侃侃而談、如沐春風的自在，也感受到台下學生回饋的熱情。然而，他感到自己的講話中仍有缺陷，與其説無法分享當醫師的榮耀，不如説他根本沒有勇氣觸及自己那段黑暗的過去，那段每個晚上都叫他驚醒的過去。

他突然停下來，每個學生都看着他。

前面有一道門，裏面住了一個腐敗的靈魂，輕輕拉一下門把，門就會自動開啟，他沒有勇氣將它釋放。

「老師，你還好嗎？」全菁菁走上前拍拍他的肩，「你臉色看起來好蒼白。」

馬斯凱閉起雙眼，深深的吸一口氣，「今天到此為止。」

直到現在，馬斯凱還搞不清自己為何站在這裏，別着急，我相信他很快會明白的。

接下來是戶外活動。

剛才在課堂上聽講的青年人，靜如處子；轉瞬間又在操場上步操，動若脱兔。

向前走。一、二、一二。立正。向左轉——

馬斯凱坐在操場邊的階梯上，究竟是現在的年輕人日子過得太無聊，還是這樣才叫充實？看着學生們站得筆直，像機械器人般走來走去，由太陽曬得滿臉通紅，還要任人吆來喝去，他真想勸他們趕快回去多唸點書。馬斯凱在他們這個年紀，天還沒亮就起來溫習了，在他看來，戶外活動是屬於鄉間小孩的，在這物競天擇的社會，是種跟不上時代步伐、老早該被淘汰的失敗者的玩意兒。

看着走在隊伍前的全菁菁，在汗水下散發出陽光般的笑容，單純而清新。他第一次發現，那些從前不曾懷疑過的信念，會不會都是錯的？

一陣嘰嘰呱呱的嘈雜聲把馬斯凱的思緒拉回眼前。

不遠處，十來個高中生聚集，穿着清一色淡褐色卡其制服，說是校服，卻沒有一個穿得像樣，衣角一半塞進褲頭，一半卻在外面，還有人故意把胸前的鈕扣子打開，坦露赤裸的胸膛；髮型千奇百怪，一般的蜂窩鳥巢不用說，竟然連「七龍珠」裏孫悟空的髮型也有。

人羣中發出淫穢的狂笑，笑聲衝着全菁菁這羣機械人而來。

「喂，你們的眼睛這麼不安分，小心長針眼喔！」說話的是一個不曉得何時出現在走廊的傻小子。

一個頭剃得光溜的大胖子從人羣中走出來，他身高五呎七吋，近二百磅，嘴唇肥厚，滿臉油垢，贅肉在脖子後像梯田般一層疊一層。雖然這個「相撲手」沒有掛着牌子，但任誰也知道他就是老大。

「笨蛋，你不是要過來一塊兒欣賞吧？」

「相撲手」不只色膽比被膽固醇填塞的心臟還要大，囂張的氣燄更是肆無忌憚，他兩、三步就跨到那個傻小子眼前，像一座大山擋住他的視線，其他小嘍囉一併圍上來。

「丁小雨，你就是喜歡和我們青龍幫作對嗎？」口臭如暴雨過後湧出的渠水，丁小雨往後退了一步。

稍微有點社會歷練的人在這關頭都會明哲保身，馬斯凱自是袖手旁觀。他注視着這個身高五呎五吋、僅及一百磅的小子，瘦巴巴像一根四季豆，一臉黝黑，五官輪廓分明，雖然愣頭愣腦的，卻有一份不容動搖的堅毅。這份堅毅好像在哪裏見過？

「你們仗着人多騷擾別人就不對。」

「噢，是嗎？」「相撲手」用肥厚的手掌在丁小雨的臉頰輕輕拍了兩下，「照你這麼說，像我這樣打你也是不對囉？」

一拳揮了過去，揮拳的是丁小雨，打在這個豬頭上。

有種和打架就像勇敢和笨，是兩回事。

「相撲手」隨即兩手一揮，像往地上灑了把鹽，輕描淡寫就把丁小雨重重摔在地上。

結果當然非常慘烈，丁小雨給揍得慘兮兮的，要不是馬斯凱及時喝止，加上一邊吹哨子一邊趕過來的兩個教師，他接下來的一個月大概要在病牀上度過。

青龍幫一哄而散，留下躺在草地上，嘴角流血的丁小雨。

「你還好吧？」馬斯凱扶住他的肩，想幫他坐起來。

「不用你管！」丁小雨甩開馬斯凱的手，自個兒坐起來，他用手背拭掉血塊，毫不在乎的把血吐在地上。

全菁菁領着全體社員圍了過來。「你的嘴角裂開了。」全菁菁說着，掏出手帕輕輕放在他的傷口上。

丁小雨沒答話，有一剎那，馬斯凱好像看到他的眼睛閃過一絲淚光。全菁菁那塊手帕帶着魔法，不只拭去了血迹，也拭去小伙子的憤世嫉俗，換來一抹難能可貴的溫柔。

「真有你的，」馬斯凱說：「老鼠竟敢單挑一隻貓。」

丁小雨低下頭說：「我不是老鼠。」接着把視線投在馬斯凱身上，眼神充斥着輕蔑與不屑。

然後，他慢慢轉向全菁菁，手中緊緊握着手帕，向她點點頭，抓起書包，頭也不回的向校門走去。

## 丁丁父子

清晨七點，馬斯凱醒過來。

他倚在窗戶前，遠方的海無限寬廣；然而他心頭卻有一種放不開的擁塞，像被扔到汪洋大海的瓶中信，藏着千言萬語，卻難尋彼岸的收信人。

一列火車在海岸不遠處緩緩滑行，車頭前小小的橘光拖着長長的尾巴徐徐前進，像流星滑過天際，這一去就會消逝，從此不再回來。

這條鐵路即將關閉，宣告九塊厝即將沒入歷史，這個猶如陸上孤島的小鎮將更形孤僻，時間的洪流會把她一點一滴的沖刷殆盡。

那天，離開火車站之前，馬斯凱記得丁掌車從售票口伸出頭來說：「年輕人都巴不得離開這裏呢，你儘快找個藉口離開吧，待在這個地方沒出息！」

丁掌車的頭像被卡住縮不回去似的，馬斯凱想問「既然你不喜歡這裏，為什麼還要留下來？」可是面對這個固執的老人，這個問題有意義嗎？於是他笑笑就慢步離開。

他一口氣喝下整杯咖啡，在診療所外遇到柯魯斯。

「小馬，你出外嗎？記得今天中午要看急症喔。」

「你很煩。」馬斯凱把馬克杯塞到柯魯斯手中：「你是大好人，麻煩幫我洗一下。」不給柯魯斯反對的機會，他就快步離開了。

大街上的人寥寥無幾，換了是七點鐘的台北，火車站早就人山人海。

晨風中樹木散發出特有的薄荷香，兩旁的街燈早就熄了 zxad 在前往火車站途中，一羣麻雀在枝幹上吱呱吱呱吵個不停，朝陽從路旁蒼鬱的樹林間灑下道道金色光芒，火車站坐落光芒幽深處，顯得格外神聖莊嚴。

還沒踏進火車站，就聽到丁掌車兇巴巴的吆喝。

「令爸[1]問你啊，你啞了嗎？昨天一整晚你到底死去哪了？」

沒有回答，只有丁掌車粗獷的吼聲。

「人讀書，你讀書，連加減乘除的符號都不懂，你讀什麼書？拿一堆鴨蛋回來，要開餅店嗎，你到底害不害羞？還敢叫令爸在這張丟臉的成績單上簽名，你想都別想！」

又是一陣尷尬的靜默，然後傳來撕碎紙張的聲音。

「令可憐的老母生了三個，如果當初知道最後生出你這短命種，令爸一定叫令老母在吃打蟲藥時一併服一帖麝香、巴豆，順便把你打掉！」

接下來是急遽的腳步聲，一個少年氣沖沖由火車站跑出來，差點和馬斯凱撞個滿懷。馬斯凱一陣錯愕，是丁小雨。小雨瞪着他，眼神仍舊充滿輕蔑與不屑，還多了一分怨恨。

看來這小子很習慣在他人面前吐東西，上一回吐血，這一回狠狠的啐了一口口水，然後快步離開了。

馬斯凱分不清楚，到底這一口口水是送他的還是他老爸？

中午，急症室亂作一團。

鎮上惟一一所幼稚園發生食物中毒，送來一羣小朋友，又哭又鬧。馬斯凱一邊治療，一邊安撫哭得嘰哩呱啦的小娃兒。

柯魯斯也算夠意思，雖然不是他值班，還是留下來幫忙。

急症大門外一陣騷動，咒詛聲夾雜腳步聲，丁掌車像火車頭一樣衝了進來，兩隻通紅的耳朵彷彿冒着煙嗚嗚響着；他左手向前舞動，右手擰住丁小雨的耳朵，丁小雨歪了頭咿咿呀呀地叫嚷，從大正中學到診療所的路有多長，丁小雨的耳朵就有多長。

「令老爸送你到學校唸書，你什麼不學，學人打架，打架也就算了，還打輸！被人打成個豬頭，你上什麼學啊？早知當初就送你去黑社會讓你打得過癮。」

丁掌車把丁小雨扔到牆邊，他的書包掉到地上，課本文具散落一地，丁掌車把地上的書本一腳踢開。

「生你這個畜牲，臉丟光就算了，害令老爸七老八十還被叫到學校去，給那個三十多歲的婆娘羞辱，說你沒家教，手指指的是你，被罵的可是令老爸啊。」

丁掌車雙眼瞪大，罵得口沫橫飛，牆角的丁小雨蜷縮着身子，頭髮凌亂，臉上左右都是瘀青，眼角流着血，卡其色的校服還留着暗紅。

「與其日後給人打死，令爸現在先把你打死，你這個兔崽子，多留一天，就多氣我一天。」說着說着，丁掌車衝上前狠狠的一巴掌，摑得丁小雨的腦袋起碼嗡嗡叫上三天。

馬斯凱連忙跑過去制止：「好了好了，丁老伯你先出去一會吧，讓我看看他的傷。」他向柯魯斯說：「小柯，把那些沒哭的小孩交給小蔓，你先帶丁老伯到外面坐一會。」

等柯魯斯和丁掌車都出去了，急症治療室馬上安靜下來。

「你還好吧？」馬斯凱蹲在丁小雨面前。小雨臉頰上顯眼的紅掌印不斷在燃燒，他把頭埋在手臂和膝蓋之間，凌亂的頭髮隱藏了他的臉。馬斯凱的手搭在他肩上，這一回他沒有甩開，也許這是他這些日子來惟一感覺到的依靠。

馬斯凱摸摸他的頭，說：「來，讓我看看。」

丁小雨慢慢抬起頭，雙眼充血，眼角邊有一道三厘米長的撕裂傷，沾了一團乾涸的血漬，他的鼻子腫成一團，鼻涕和血水在他嘴邊打轉。

「唉，好慘。」馬斯凱拿起紗布輕力擦去他臉上的沙子，「很痛吧？」

丁小雨沒說話，他被帶到手術室。

「這道傷口不小，要縫幾針，是青龍幫那個大胖子幹的嗎？」馬斯凱在傷口上注射局部麻醉劑，丁小雨痛得握緊拳頭、牙冠緊閉，「忍耐一會，你是我見過最勇敢的呢，待會就不痛了。」

他把傷口清洗乾淨，挖出一些黑色沙子，把傷口對齊，再一針針的縫上。

「坦白告訴我，那個大胖子有沒有挨你幾拳？還是你只有當沙包的份兒？」

丁小雨睜開眼睛，茫然看着馬斯凱。「我以為你討厭打架。」

丁小雨淡淡地說，這是他首次跟馬斯凱說話。

「坦白說，在人生的某些階段，打架不見得全然是壞事。」

丁小雨說：「這樣說來，你也常打架？」

馬斯凱搖搖頭說：「我從小到大沒打過架，這是城市小孩的悲哀，有時我挺羨慕你們這些鄉下孩子，可以有這樣難得的經驗。」

馬斯凱替最後一根縫線打上結，「打架不一定不對，但如果凡事都靠打架來解決，肯定是錯。」

馬斯凱把丁小雨扶起來，「好了，傷口愈合後還是很帥的。」馬斯凱笑笑。

「好吧。」小雨搓搓雙手，「我同意你說的。」

「記得向你爸爸說聲對不起，如果你還有這個勇氣的話。」

「為什麼要我向他說對不起！」

「什麼理由也比不上他是你老爸，」馬斯凱說：「你傷了他的心。」

丁小雨靜默了一、兩秒，「關於『當沙包』嘛，我敢肯定那個死胖子現在一定躲在廁所裏，摸着他的『鳥鳥』偷偷哭泣。」

「小雨，很高興認識你。」

丁小雨挽着小蔓為他收拾好的書包，逕自離開治療室，走前他看了馬斯凱一眼，這次多了一分溫柔。

馬斯凱在校園裏漫步，「聖約翰救傷隊」正精神抖擻在步操。

午後的陽光映照在教室樸實的白色牆壁上，藍色的木框窗台邊，放了一盆黃色小花，別有情調。遠遠望去，教室外有張椅子，椅子上站了丁小雨。

馬斯凱向他招招手，丁小雨把臉別到一旁去。

馬斯凱遠遠喊道：「喂，你怎麼啦？」

丁小雨搖搖頭大聲回話：「我正在罰站！」

「為什麼站得這麼高？」馬斯凱喊得更大聲了。

「老師說這樣大家才看得見！」

「這不是很丟臉嗎？」

「如果他還知道丟臉兩個字怎麼寫，就不會喊得這麼大聲了！」這個時候，教室的另一頭，老師辦公室傳出一個更響的聲音，說話的是一個接近五呎九吋的鋼鐵男子，身材魁梧，似笑非笑地看着馬斯凱。

馬斯凱問丁小雨：「他是誰？」

丁小雨大聲說：「我的班導師。」

鋼鐵男子吆喝：「就是我罰他的！」

這時遠在草場邊的全菁菁帶着「聖約翰救傷隊」隊員一起喊：「丁小雨，你為什麼被罰站？」

「因為我的數學捧了個大鴨蛋！」

「捧鴨蛋的還有英文和科學喔！」鋼鐵男子慷慨地補充。

「丁小雨，」全菁菁把雙手圍在嘴邊說：「為了謝謝你替我們趕走青龍幫的壞蛋，我替你補習好不好？」

丁小雨白皙的臉頰突然火熱通紅。

馬斯凱笑着說：「這一回讓你賺個夠了！」

丁小雨和全菁菁遙遙看着對方，傻傻的笑個不停。

「喂，你們這樣喊話也不是辦法，」聶天年校長不曉得什麼時候站在另一頭的校長室喊道：「這邊有麥克風，要不要上來輪流講？」

## 日記本

一本被遺忘的小冊子靜靜躺在診療室地板一角，在堆滿器械的架子下方，零碎剝落的黑色封套，裏面幾近蠟黃的頁面寫滿了密密麻麻的字，只要你輕輕把它翻開，它就會掏心掏肺的告訴你所有故事。

X 月 X 日　晴

我的嘴角好痛，嘴唇邊有一道長長的傷口從嘴角裂到口腔去。

雖然痛徹心脾，心裏卻有一種說不出的快樂，除了驚喜和興奮，如果加上身體的痛處，快樂的味道就會變得更加濃厚。

我把嘴唇扳開，口腔內的傷口也彷彿在開心地笑，天啊，我好像很久沒有這樣快樂過。

她手中的餘溫還留在我嘴邊，像暖暖的春風吹拂，被打成這副模樣我還可以這麼開心。

她的手帕傳來一陣撩人的香味，我第一次發現，原來「一匙靈」的味道比「香奈兒」的更芬芳迷人。

我把可愛的手帕折成三角，平平整整的放在書包側邊的暗格裏。

你守護着我，我也會守護着你。

## 我的父親

馬斯凱成了九塊厝火車站的常客，究竟是火車站濃濃的地方色彩，還是它獨有的神聖莊嚴吸引着他？他已經分不清，或許，他不過想聽一聽丁掌車發牢騷。

站長室內總瀰漫着咖啡香。最後一班車在三點開出，丁掌車站在月台邊，拿着咖啡杯痴痴地望向遠方，在金黃色的陽光照耀下，短小精悍的身影就像一尊喝着咖啡的拿破崙銅像。

「丁老伯，有件事我一直想問，」馬斯凱邊喝咖啡邊說：「之前你不是說兩個小孩都到美國去了嗎？那丁小雨……」

「別提那個兔崽子。」

「他的確很淘氣，但畢竟他還是一個孩子。」

「我寧可沒這樣的孩子，」丁掌車眼神帶慍色，「沒出息！」

「或許他不愛唸書，或許他總是考一堆鴨蛋，但這不代表他就是沒出息。」

丁掌車冷哼一聲：「有些事，你不會懂的。」說完，他把手中的咖啡，一把潑到鐵軌上。

**X 月 X 日　雨**

今天的作文題目是「我的故鄉」。

拜這一篇作文所賜，我又拿了一個鴨蛋。

因為我私底下把題目改成「被遺忘的火車站」。

七點鐘，夕陽下山，厚厚的雲層邊沿殘留點點微光。圍繞火車站的是一望無際的田埂，斷續的蟲鳴，還有無盡的黑暗。剩下兩天，九塊厝火車站就變成歷史。

站內黑壓壓一片，一盞不到五十瓦的日光燈掛在空蕩的月台上，這已經是昏暗的月台最奢侈的光了，像投射在舞台中央的一團白暈。

丁掌車低頭坐在光暈旁，兩腳無力的垂在月台邊，背着光是一張陰鬱的臉，茫然看着冰冷的鐵軌。

這是我看過最孤單的身影。

馬斯凱一聲不響的坐在丁掌車身旁：「我就知道你在這裏。」

像一尊石像，沉默是丁掌車的語言。

幾隻小蟲在日光燈下啪啦啪啦的飛舞，慘淡的燈光投射在兩個落寞的背脊上。

良久，馬斯凱再次説話：「你打算整晚都坐在這裏嗎？」

丁掌車把食指放在唇上，「你聽，在那邊，聽到沒有？」

馬斯凱隨丁掌車指示的方向望過去，除了黑暗，周遭靜得像一口枯井。

「丁老伯……」

「你沒聽到嗎？」丁掌車轉過臉瞪着馬斯凱，神情很可怕，憔悴的臉龐掛了兩行淚水，「一切都安靜下來。」

蟲不再叫，風不再吹。「九塊厝，已經死了。」九塊厝火車站，儼然是一座被遺忘的孤墳。

隔天三點鐘，幾乎所有鄉民都趕到九塊厝火車站。

聶天年校長特別發了公文，全體師生下午在火車站旁集合。台北來了好幾位記者，手持特大號的單反相機，準備為火車站拍下一張畢業照。

今天天空特別藍，兩旁蒼鬱的樹木格外綠，綿延的田埂一片金碧輝煌；每個人都抿着嘴在等待，空氣像玻璃似的透徹，整個九塊厝猶如鑲嵌在水晶球裏，很寧靜。

月台上擠滿了人，每張臉都掛上一份送別親人的失落。丁掌車站在月台上，眼窩凹陷、嘴唇蒼白，臉龐的肉緊貼在瘦削的顴骨上，才一個晚上彷佛就老了十歲。遠處傳來一陣「乞嚓乞嚓」，聲音漸漸變大，每個人都把脖子仰得快要斷掉。

慢慢駛近的火車鳴響着氣笛，嗚——嗚嗚——

丁掌車拉起掛在屋簷下擦拭得發亮的銅鐘，噹——噹——噹——噹——

鐘聲像蒲公英飄到九塊厝每一個角落，又像鉛鐵沉重的落在每一個人的心裏。

龐大的火車頭緩緩進站，丁掌車向司機深深鞠躬，然後轉過身來，奮力張開雙臂，凹陷的雙眼縱使充滿血絲，仍目光炯炯，看着前方。

火車在他身後呼嘯而過，他奮力吹響哨子。

火車終於停下來，如雷的掌聲突然響起，鎂光燈閃個不停。

這五分鐘的等待，對丁掌車來說像一輩子那樣長。所有聲音一忽兒消失，每個人看着最後一班列車，就像看着準備出嫁的女兒……火車再次鳴起氣笛，有些小孩哭了，老人家緊緊抿住嘴，好幾對情侶依偎在一起。火車慢慢駛離車站，「乞嚓乞嚓」的聲音愈來愈小，她黑色的身影愈來愈朦朧，最後，只留下身後兩道無聲孤獨的軌迹。

丁掌車仍然站在月台上。三十年的歲月彷彿在他眼前一一翻過，他堅持站着直到最後一秒。然後，他整個身體往後傾，一頭跌進鐵軌裏。

**X 月 X 日　陰轉雨**

丁小雨　三年一班　題目：我的父親

我從小就沒有媽媽，我告訴自己，我是被撿回來的。

關於這個疑問，我曾向那個我稱作「父親」的人詢問，他沒有回答，但他那冰冷的態度叫我更堅信：我果真是撿回來的。

想到厭惡我的父親，這麼難堪的題目，叫我如何書寫呢，想到還得讓那個一身横肉、不學無術的鋼鐵男子批閱，不如打死我算了。

不過，這個題目對我來說，也不是了無意義的。於是，我只好把作文記在這裏好了。

我的父親是掌車的，此外，我想不到還有什麼好描述。

他從來沒有向我提及他的過去，當然也不會跟我訴說他的未來，彷彿他是突然降臨在這小鎮，他的出現比孫悟空從石頭横空出生更撲朔迷離。

我是由隔壁那個奶奶帶大的，父親每個月會給她一筆生活費，這筆費用只夠我生活，絕不會多出一個零兒讓我買一粒糖果。

父親每個月會來看我一次，只為了拿這筆費用給奶奶而已。

我八歲的時候，奶奶去世了。那個早上的情景，在我記憶內，卻清楚得好像昨天才發生。那天一直在下雨，空氣濕得彷彿擰一擰都會落下水滴，我蹲在奶奶牀邊，平時冷清的小房間突然擠滿了人，替奶奶處理身後事。

我沒哭，看着奶奶蒼白的臉，我居然並不怎樣傷心，卻只是害怕，怕失去奶奶，害怕，害怕要搬回去和父親同住。

然後，我發現有個男人靠在門邊注視着我，他半邊臉給房子的陰暗籠罩，凜凜的眼神很嚇人。他是我父親。

如果把人單純的分成好人和壞人，無庸質疑的，在九塊厝人眼中，我父親不單是個好人，還是個大好人。他掌了三十年的車，每天緊守崗位，即使打風下雨，你都會看到他端正的站在月台上，拉響銅鐘，奮力張開雙臂。

當我以為他對我的冷漠是與生俱來時，有一件事卻改變了我的想法。

那年我十四歲，在一條泥濘路上父親和我步行回家。這條路我們走過不下百回，卻從來沒講過一句話，按習慣，我走在前面，他默默跟在後頭。突然，草叢撲出一個黑影，迅速遮閉了我的視線，然後我感到手臂一陣劇痛，還來不及反應，就看到父親和一隻黑色獒犬扭打在地上，獒犬的狂吠摻雜父親的咒罵，一頭站起來比人還高的狗，硬生生被父親撂倒地上，父親因此賠上一根食指。他邊咒罵邊趕到我身旁，把我抱起來，我的手臂被咬了一口，不斷滲血，他拚命往診療所直奔；我躺在他懷裏，清楚聽到他的喘息，感覺到他胸膛的起伏。

一路上他不發一語，甚至沒有一句安撫的話，卻是我有生以來，第一次發現他的臉因擔心和焦慮而扭曲，然而他自始至終好像都沒發現那根被咬掉的手指。

我還有兩個哥哥，說實在，我對他們沒有絲毫印象。在我出生之後，他們就離開了，從此再沒有在九塊厝出現過。然而，他們始終是我父親的驕傲，他房間裏黑色的書桌上，就放了他們的合照，相架的玻璃總是一塵不染、永遠亮麗，因為每一個晚上他都會用一條藍色的綢緞仔細擦拭。

我不知道為何父親會對兩個不在身邊的人如斯掛念，卻對我這個切切實實存在他生活裏的人不屑一顧。

在奶奶去世前的某一個晚上，強度颱風籠罩在台灣上空，木蓋的房子被吹得啪啪作響，窗戶外的呼嘯聲就像野獸的利爪在刮玻璃。

奶奶摟着我說：「等風雨停了，奶奶帶你去一個地方。」

幾天之後，我們坐上長途車。車子在顛簸的山麓搖搖晃晃，我依着窗戶，看藍天和白雲；後面的九塊厝離我們愈來愈遠，心裏有點緊張，這是我第一次離開這個偏僻小鎮。

等奶奶把我從睡夢中叫醒時，車子已經到站，我們提了行李走下車。原來天色早就黑了，天空布滿厚厚的雲；眼前矗立着一幢又一幢高樓大廈，我從未見過這麼多高聳的房子，奶奶說，每一個發光的窗戶內都住了人。

走了大約半小時，在一條巷弄內，奶奶指着前方一幢六層高陰陰森森的老房子說，我們就在這間旅館休息一晚。

第二天，奶奶帶我去逛街，她說那裏叫西門町，是個進步的地方，九塊厝來過這裏的人，十根指頭也算得出來。我聽了好高興，從此以後，我算是一個進步的人了。

奶奶帶我來到一間很光鮮的店面，玻璃櫥窗擺了好幾個假人，都穿了色彩亮麗的衣服。

「進去吧，奶奶要給你買新衣。」

嘩！我興奮得大叫，差點流下淚來。我試了一件又件，最後選了一件白色上衣，衣領上還有一條巧克力色的小領帶，淺藍色長褲，奶奶把我的頭髮梳得油亮，鏡子內的我，就像婚禮上的花童。

之後，我們上了計程車，車子拐呀拐的，離開了高高的大樓，跑進彎彎曲曲的山路；我知道這不是回家的路，我們家的山坡才不會有這麼宏偉又漂亮的大房子。

計程車停在一道大鐵門前面，我們下車。

一個穿白衣的阿姨開門，她帶我們到一個很舒服的大廳，廳中間掛了盞亮晶晶的燈，廳上放了好幾張大沙發。我坐下，感到很舒服。

一個女人從二樓走下來，這女人我從沒見過，她身材有點豐滿，穿了件米黃色的旗袍，頭髮燙得曲曲的，耳垂上掛了閃亮的耳環，臉上塗上白白的水粉，唇上還抹了艷麗的口紅。不曉得我看錯沒有，她好像不太高興，一把將奶奶拉到大廳一角說：「你瘋了！把他帶來這裏！」聲音很小，但我聽得清清楚楚。

「以後別再帶他來。」那個女人用眼角瞄了我一下，不曉得為什麼，我總覺得這個眼神似曾相識。

「你知道嗎？他已經上學了，功課不能説很好，但很聰明。」奶奶悄悄的説，「我也是沒辦法的，再不帶他來，怕過不久我就走不動了。」

這一回，那女人她看着我良久良久。

「那傢伙知道嗎？」

奶奶搖了搖頭。

那女人歎了一口氣，說：「等一會我丈夫就回來了，你們別坐太久，我已有自己的生活，別叫我為難。」

説完，那女人走向我，坐在我旁邊。她看着我，摸摸我的頭，我發現她塗得黑黑的眼眶裏變濕了，好像要哭。「阿好，拿一杯冰淇淋出來。」

奶奶仍然站在大廳一角，遠遠的背着我們看窗外的風景。

草莓冰淇淋的味道好香好濃，那女人一直摸我的頭髮，又把我的衣領拉得更整齊，我好想開口說話，但不曉得要向她說什麼。

然後，奶奶走過來：「小雨，吃完冰淇淋，我們回家去。」

臨出門前，那女人叫住我們，她往奶奶手裏塞了把鈔票，然後蹲跪在我面前，一把抱住我。我感覺肩上有一灘溫熱的淚水。

回到九塊厝的那個晚上，奶奶就病了。我在牀上陪她，看着她沉沉睡去。

我依着牆壁，想像父親就在我身旁，想像他正用那塊藍色的綢緞擦拭着相架的鏡面……我終於想起來了，照片上那個女人。

## 心肝寶貝

當丁掌車整個人摔進鐵軌時，馬斯凱和丁小雨馬上跳下去把他抬上月台，聖約翰救傷隊員也沒辜負平日的訓練，動作幹練，整齊劃一，幾下功夫就把他抬到診療所。

「放心，丁伯伯不會有事的。」診療所外，全菁菁坐在丁小雨身旁。

「謝謝你的幫忙。」他輕聲說。

老爹從手術室走出來，馬斯凱跟在一旁，他拍拍丁小雨的肩：「你爸爸目前的情況不很樂觀，他得的是猛暴性肝炎，抽血檢驗，顯示肝炎指數很高，我們要安排他轉到北部的醫院。」

「一定要到北部去嗎？不能留在這裏？」丁小雨雙眼紅起來。

「小雨，這裏的設備不足。」老爹停頓了一下，考慮是否要對一個孩子鉅細靡遺解釋他無法承受的事實，「況且，你爸爸的病情如果再急劇惡化的話，說不定需要換肝。」

「換肝？」

老爹點點頭，「這次肝炎發作，幾乎把他的肝細胞破壞殆盡，如果肝細胞短時間無法修復，就要換肝。」

「從哪裏找來一個肝？」

「不知道。」老爹說：「這需要一點運氣。」

事實是，輪候換肝的人遠比你想像的多；成功等到肝的人遠比你想像的少，生病的人通常和「運氣」扯不上關係。

丁掌車的胸膛劇烈起伏，「氧氣」對他來說反而比較實在。

轉到台北C大醫院過了整整七天，到底什麼時候才等到一顆半顆肝？積了一肚子腹水的丁掌車早已陷入昏迷狀態。

幾個小時後，丁小雨從睡夢中醒來，離他上一次睡覺已過了三十個小時，這一回他也不過睡了三十分鐘。

他坐起來，揉一揉乾澀的眼眸，醫生替丁掌車插了管，呼吸器發出規律的「咻咻」聲，他看着沉睡的父親，安祥中帶點落泊。

丁小雨打開窗簾，讓陽光盡情照進來，遠處是櫛比鱗次的大樓，街道上是摩肩接踵的人羣。這個城市明明有兩百多萬人口，丁小雨卻感到無比孤獨，彷彿全世界只剩下他一個，惟一陪伴他的人，卻插着管子不肯醒來。

來來回回的人羣在他眼前穿梭，他在茫茫人海中等一顆肝臟。肝在哪裏呢？他摸摸自己的肚子，肝臟在他的右上腹。

丁掌車醒過來時，已經過了十天。

手術順利，過程不過是打開，換掉，再關上，就和更換手電筒的電池沒兩樣。

丁掌車慢慢睜開雙眼，像科幻電影一樣，他發現自己躺在牀上，被一個透明的塑膠套罩住，身上是一襲淺綠色的連身衣，或黏或插的糾纏着一堆電線和管路，幾台怪裏怪氣的儀器發出規律的聲響。

他腦袋一百分清醒，卻虛弱得說不出一句話，當他發現透明塑膠套外有個模糊的人影坐在牀邊，他激動得要揮舞被約束的雙手。

「丁老伯，你聽到我的聲音嗎？我是小馬。」馬斯凱伸手入膠套內，握住他的手，「你剛動過手術，要好好休息。」

「我在哪裏？」聲音輕輕小小的。

「這裏是台北，你在醫院的加護病房。」

丁小雨躺在牀上，上腹纏了一圈白色繃帶。

手術之後，馬斯凱曾問他：「為什麼你會決定捐出自己半個肝？」丁小雨瞪着馬斯凱，彷彿這個問題問得很無知。

「是你告訴我的，」丁小雨冷冷的說，「什麼理由也比不上他是我父親。」雖然傷口很痛，但他沒有後悔。

馬斯凱笑了。丁小雨低下頭看着自己的手，他不想告訴馬斯凱，其實一切都是因為一截斷了的手指頭。

房門被輕輕敲了幾下，然後打開。

「嗨，丁小雨。」全菁菁穿了一件白色 T 恤和藍色牛仔褲，她散開馬尾，一頭長髮整整齊齊披在肩上。

「你來了？」丁小雨蒼白的臉頰頓時添了那麼一點紅，「你很好看耶……」

全菁菁站在牀邊，兩個人傻笑對望着。

「我是不是該離開一會？」被遺忘的馬斯凱說。

「老師你先別走，」全菁菁從背包裏拿出一本小冊子，遞到丁小雨手中，是一本燙着亮面的文學雜誌。「送給你的，想不到你的文章寫得這麼好。」

封面是晨曦下的九塊厝火車站。

馬斯凱拿出一本日記本放在丁小雨手中，「還給你，上一次你掉在診療所被我撿到，很抱歉，我看了你的日記，」馬斯凱向丁小雨點點頭，「還有，我自作主張把其中一篇文章〈被遺忘的火車站〉投到出版社，希望你別介意。」

「你紅了，全校的人都看過這本雜誌。」全菁菁羨慕的說：「連鋼鐵老師也拿着當初你那篇 100 分的文章到處宣揚，他說老早已發現你有文學天分。」

他真想告訴她，拿「100」分並不難，不過是在「0」前面加個「10」而已。

丁小雨從牀上慢慢坐起來，一把抱住馬斯凱，熱淚盈眶的說，「謝謝你。」

丁掌車一夜沒睡，他坐在沙發上，一手撫摸着右上腹的傷口。

昨天，老爹跟他說：「你復原得很好，這裏的醫生說，也許再過一、兩天就可以出院了。」

丁掌車仍舊摸着自己的傷口。

「或許你已經知道這顆肝是誰捐給你的。」

丁掌車臉一陣紅，惱羞成怒：「是他捐的又怎樣？我從來沒求過他，他隨時可以取回去，我一點不稀罕。」

老爹一把揪住丁掌車：「我不管你和你老婆的事，當初她生下小雨就拋下你們，一走了之，這不是孩子的錯，即使你認為這個孩子理應承受你被拋棄的痛苦，這麼多年來他所受的一切，該還的也早還夠了。」老爹把他揪得更緊，可以的話，真想給他兩巴掌。

「小雨是我接生的，我看着他長大。至於你，一天到晚掛在嘴邊的，都是那兩個在美國很出色的兒子，當我們從你書房找到電話號碼，打給他們時，不管你信不信，他們只講了一句“Oh, shit !”，就掛線了。」

丁掌車老淚縱橫，不敢正視老爹，只把臉別到一旁。

「小雨這孩子，有天分、有熱誠，別看他小小年紀，卻充滿正義感，上帝在他身體裏放了一顆善良的種子，我絕不允許你因偏見毀了這個孩子。」

老爹說完，鬆開手，任憑丁掌車像一朵凋零的黃花萎靡的靠在椅上。

「該說的，我都說了，」老爹歎了一口氣，「向自己的小孩道歉，不是什麼難以啟齒的事吧。」

老爹離開病房前，在桌上放下一個大信封，裏面是一張卡片，上面寫滿了大正中學全體師生的簽名，還有一句話：「雖然火車走了，我們還有丁丁車！」

出院前的早上，丁掌車站在病房的窗前，寫滿名字的卡片攤開放在身後的桌子上。

太陽又徐徐的在地平線上升起，大地慢慢變亮，遠處方正的大樓開始展露輪廓。

原來新生的光彩可以這麼耀眼。

他朝東方遠處看，正是九塊厝的方向，他突然好想哭，多年來年輕人千方百計想離開九塊厝，尋找生命的曙光，卻從來沒有發現，最絢麗的曙光就在故鄉。

最後，我要提一件事，就在老爹狠狠數落丁掌車的那個晚上，丁掌車敲了敲門，走進了孩子的病房。

昏暗的燈光下，父子四目交投，他們都沒有說話，父親張開手臂，兒子流下淚來，緊緊的抱住父親。

「孩子，對不起。」

丁小雨把身體盡情埋在父親的胸膛。此時此刻，丁掌車擁抱的，是他的心肝，也是他的寶貝。

① 令爸：鄉下話，指你爸爸。

# 6

緋紅的秋山

# 小馬！加油！

馬斯凱推開大門，站到診療所外，深深吸一口氣。

柯魯斯突然出現，他把長髮束起，望向前方，嘴角揚起，露出微笑。

馬斯凱從頭到腳打量着柯魯斯。他上身穿一件白色圓領純棉運動衣，搭配一條高質感絲光絨緊身運動四分褲，膝蓋以下是一雙勁拔的小腿，後側兩團厚實的比目魚肌清晰可見，腳上一雙紅白相間的球鞋，白色的耳機掛在脖子上。

「你今天看起來怪怪的。」馬斯凱摸摸他的額頭，「沒發燒吧？」

柯魯斯左手一把攬住馬斯凱說：「你看，秋高氣爽。」他的右手食指在前方 180 度一揮，「看到嗎？這就是秋天的九塊厝。」

馬斯凱抬頭往四周掃視，驚訝於眼前的景致，是他後知後覺或是過於遲鈍，夏天的烈日和色彩還停留在視網膜後方，彷彿眨了一眼，眼前的一切全都變了。

滿地滿野開滿了波斯菊，眺望連綿起伏的山野，像一條綠色的銀河布滿點點紫色星光；紅黃相間的楓林覆蓋了整個小山，最前方是一片蔚藍的海。

柯魯斯硬拖着馬斯凱說：「走吧，帶你去一個地方。」

## 九塊書院

診療所右側有一間白鐵鋅片搭蓋的小房子，柯魯斯用力將門踹開。

「想不到這裏是一間貯藏室。」馬斯凱說。

裏面的東西堆得滿滿，兩旁各有一個鐵架，爬滿了蜘蛛網，架上放了許多收集血液用的過期試管、衞生教育海報和傳單、一桶桶沖洗 X 光片的藥水、已經報廢的顯微鏡和離心機，以及一疊疊用尼龍繩綑着的舊病歷。

地上的灰塵比下了一星期的暴風雪還要厚，灰濛濛的空間內，停了一台白色的「小綿羊」機車，旁邊是一包用不透水尼龍袋套着的深綠色玩意兒。

在最角落的架上，有一座獎杯，大約四十厘米高，木製的底座，頂着一塊方正的柱狀銅碑，鋪滿灰塵，除了綠色的銅鏽，早已看不出昔日的榮耀和金屬光澤。

馬斯凱注視着，總覺得有些突兀，「這座獎杯擺在診療所內不是更恰當嗎？」

柯魯斯瞪着這個髒兮兮的獎杯，眼神透着不屑，臉上有一種戰敗似的屈辱，他吸了吸鼻子，語調充滿狡詐：「的確是放在診療所內比較恰當，」他臉部肌肉一陣抽搐，「但決不是我們的診療所。」

然後，他牽出那頭「小綿羊」說：「上車，我們去逛逛。」

柯魯斯按着車把上的啟動鈕，機車「哼、哼、哼」，像末期肺癌病人般喘個不停，接着排氣管「噗」的一聲，冒出一團白煙，車子像睡醒的騾子「唏噢、唏噢」一聲狂叫，引擎終於開動了。

經過二十分鐘的顛簸，外加車子在曲折山路上兩次拋錨，好不容易停在一座白色的牌坊前。

四周是蓊鬱的山林，入秋後的樹木漸漸凋零，牌坊下有一條石塊鋪砌而成的步道，兩旁是掉落一地的枯葉。

柯魯斯領着馬斯凱往前走，步道愈走愈寬廣，步行大約十分鐘，經過一個轉折，突然豁然開朗，前方是一片廣闊的泥地，被踏得平平整整，中間種了幾棵參天的大榕樹，枝椏上茂密的垂根扎到土壤裏。有一羣老人家在樹下耍太極，石砌的步道把硬泥地切成兩半，直通到最前面一間廟宇。

馬斯凱被眼前的景物震懾，很難想像在這個窮鄉僻壤有一間如此壯觀的建築，正門斗大的匾閣上題着四個大字：「九塊書院」。

「這裏曾經是間私塾，光緒十二年，即一八八六年竣工，當時入塾就讀的多是地方學子，別看它位置偏僻，這裏曾出過好幾位鄉試秀才。」

書院為傳統四合院建築，正面有二十多尺寬，設計介乎孔廟與民宅之間，牆身以紅磚平砌而成，屋頂分成五個段落，高聳的屋脊向兩旁彎曲，脊堵上有精美的雕飾，層層疊降的屋瓦，層次分明，氣勢磅礴。正門有兩根巨大的紅色柱子，柱子下放了兩尊青石獅，正殿供奉着文昌帝君，香火鼎盛。牆壁上點着上千盞光明燈，一片清幽。

這時，書院中亭走出一位年約六十的比丘尼[①]，柯魯斯連忙走過去。

「慈慧法師，你好。」柯魯斯雙手合十作揖。

「你好。」慈慧法師也作揖回禮。

「這位是馬醫師。」馬斯凱連忙合十作揖，慈慧法師向馬斯凱點點頭。法師的個子不高，一臉慈祥。柯魯斯接下去說：「關於兩天後開會的事，黃醫師叫我過來問問師父，有什麼地方需要幫忙。」

「一切都安排就緒，到時請各位到左側的講堂去。」

「一切就拜託師父了。」柯魯斯說完，再次向法師作揖告別，然後和馬斯凱離開正殿。

步道上，馬斯凱一臉不解：「你現在可以告訴我，到底什麼會議要跑到深山的廟裏召開？」

柯魯斯自顧自地走着，一句話也沒說。

馬斯凱側着頭，疑惑的問：「不會是武林大會吧？」

柯魯斯深深吸了一口氣，兩手緊緊握住馬斯凱：「遲些，老爹會跟你說。」他伸了個懶腰，「小馬，麻煩你替我把車子騎回去，我要在這山頭跑上幾圈，從今天開始，我可會卯足全力！」

於是，柯魯斯把音樂播放器的音量調到最大，頭也不回的直奔深山。

## 菊月祭

奇怪的氣氛開始蔓延。

首先是餐桌上的菜式，原本配飯用的滷肉湯汁和烘肉不知所蹤，換上了綠色的菜式、清蒸深海魚；果凍、布丁、蛋糕等飯後甜點一律取消，換成番石榴、柳橙、蘋果、菠蘿組成的鮮果盤，或是滿滿的芹菜沙拉。

然後是老爹每天一大早都站上體重機，看呀看的，然後泄氣的搖頭；他還詢問馬斯凱，哪一款球鞋較優質，和柯魯斯不同的是，他晚上才離開診療所，然後像一隻掉入溝渠裏的狗一樣，大汗淋漓走回來。

最後是小蔓，她開始變得焦躁、心不在焉，無時無刻都望着日曆發呆，最後乾脆把日曆丟進抽屜。偶爾在中午休診時間，她會提着一個小布袋出門。除了工作，她大部分時間都躲在房間。

過幾天，正是「武林大會」的日子。

可憐的「小綿羊」載了柯魯斯和胖嘟嘟的老爹開往九塊書院，這時它像得了肺炎，一路幾乎要掛點②似的冒着白煙。

馬斯凱和小蔓步行前往，搞不好可能比小綿羊還快。

小蔓用紫色的絲帶把頭髮束成馬尾，前額的留海隨風飄揚，她今天明顯補了個淡妝，粉嫩的臉蛋清新脫俗。馬斯凱第一次如此打量這位同事，發現她也稱得上是「優質」美女，臉龐輕柔溫和的線條，細長小彎的眉毛，閃閃動人的烏黑眼眸，直挺圓潤的鼻子，還有柔軟的小嘴。

「馬醫師，你老盯着我是什麼意思？」

「你今天看起來和平日不同。你一向比較開朗，很愛說話。」

火般的楓葉染紅了整個山頭，小蔓低了頭，對眼前的美景無動於衷，像一隻小貓自顧舔着小腳，完全沉浸在自己的世界。

「你知道今天到底開什麼會嗎？」

小蔓突然停住腳步，訝異道：「什麼？老爹沒跟你說嗎？」

馬斯凱像風浪鼓似的猛搖頭。

小蔓摸着後腦杓說：「也是的，當初我也是最後一刻才知道。」

「到底是怎麼一回事？為什麼無緣無故要開會？而且還要在深

山的廟裏？跟誰開會？為何全世界就只有我不知道？」

「等一下你就會知道的，」小蔓詭異的笑笑，「這一點我倒可以保證。」

當他們站在白色的牌坊下，太陽已升到頭頂，山林吹送過來的涼意驅走了一點日正當頭的炎熱。

「我們上去吧。」老爹舉起一根竹竿子，像領隊似的搖啊搖。

四個人遠足似的浩浩蕩蕩往山上走，老爹興奮的揮舞竹竿，柯魯斯始終一臉酷樣，小蔓頭垂得低低，任留海擋住她一半視線，馬斯凱左晃右晃，像一頭被趕的呆羊，待牽到市場去宰。

九塊書院前的硬泥地上，工人進進出出，用竹竿子搭建了一個廣闊的舞台，下面擺滿一排排整齊的折疊椅。

馬斯凱問老爹到底是什麼一回事，他笑笑說：「呵呵呵，這是一年一度的『收冬戲』，這個月挺熱鬧呢。」

「沒聽過吧？」柯魯斯撥了撥長髮說：「不怪我說，你們台北人就只有這麼一丁點常識，好像除了什麼三大男高音、外國歌劇，其他就不是文化似的；那些掛在國家美術館展覽的才算是藝術，廟宇大門畫的門神、牆壁上的青石雕刻就不是藝術；只有鋼琴和管弦樂才叫音樂，難道敲鑼打鼓吹喇叭就不算音樂嗎？」

「那些叫噪音。」小蔓忍不住插嘴。

「所謂音樂和噪音的界定，不過是看你喜不喜歡這個聲音罷。」

「好了，別吵。」馬斯凱兩手攤開說：「說了老半天，你們還沒告訴我什麼是收冬戲？」

「噢，讓我來説吧。」老爹插嘴説：「這是東台灣特有的節慶，人們忙了一整年，到九月收割的季節，稻米裝成一袋袋，水果裝成一箱箱，為了感謝上天一整年的庇祐，每逢農曆八、九月就在廟宇前架好台子，請戲班子演戲酬謝神明，這叫作收冬戲。」

「收冬戲一結束，」柯魯斯冷冷的説，語氣中帶着一股緊繃的壓力，「就輪到我們的菊月祭。」

馬斯凱還想要發問，這時慈慧法師從書院走出來，兩掌合十向大家説：「澳底寮的朋友已經到了，裏面請。」

## 澳底寮診療所

進入正殿，走過穿堂，到了書院左側的講堂，一所十坪大小的房子，有三個正六角形的玻璃窗戶，陽光透過緋紅的樹葉，顯得特別古雅；一組紅得發黑的槐木桌椅擺在中央，最前面靠牆處有一張小几，古銅色的香爐內插上一炷清香，滿室飄着淡淡芬芳。

室內或坐或站已有四個人：矮子，瘦子，高個子，女子。

「別來無恙啊。」先是瘦子笑哈哈的向老爹走來，他兩鬢斑白，頭髮像抹上整罐髮油，梳得服服貼貼，滑溜得可以反射光線，從臉上的皺紋可以讀到他的歲數大致和老爹相仿。「轉眼間兩年就過去了。」

「是啊。」老爹和瘦子擁抱，然後向馬斯凱招招手，示意他走過來，「小馬，我來給你介紹，這位是澳底寮診療所的主任趙凱醫師。這位是我們新來的同事，馬斯凱醫師。」

這時矮子從椅上站起來，像走丟的小孩，戰戰兢兢靠在趙凱的身旁，趙凱一把搭住矮子的肩，「這位也是今年新來的，賴醫師，賴曉吉醫師。」這傢伙的身高即使站在凳子上也踢不到鴨子屁股，他躲在趙凱腋下，像一隻抱着樹幹的印尼眼鏡猴，冷冷的向九塊厝眾人掃視一遍，然後露出狡詐的微笑。

老爹再一一介紹，輪到高個子時，他像一位英國紳士朝馬斯凱走來，步態高貴典雅，臉上看不出一根汗毛，像是拋光金屬般閃爍着光澤。

「馬醫師，久仰大名。」他伸出右手，手上還戴上白色絲質手套。

馬斯凱跟他握手，倒吸一口氣，心想：活像化了妝的死人。

「我姓歐，安東尼．歐。」安東尼露出一副鹽酸漂白過似的牙齒，「你也可以稱呼我，噢～安東尼。」

這時，始終站在角落一言不發的女子，婀娜多姿的走到安東尼身邊，她剪了一頭短髮，清雅的臉龐，曲線完美，接近滿分的模特兒身材，她握住安東尼的手，展露落落大方的笑容，「我叫姚辰風，人人都叫我姚姚，很高興認識你。」

安東尼看着一旁的柯魯斯，興奮的說：「小子，原來你躲在這。」

「最近還好吧？」說着，兩人相互擁抱，熱情得像企鵝；安東尼緊貼柯魯斯的臉頰，在他耳根輕聲說：「我還嗅到你身上有股騷味兒，我懷疑你的手沾着大便。」

「有些人就是『遺臭萬年』。」柯魯斯也輕聲回話，「要不然味道為什麼還會留到現在？」

安東尼大笑，一把推開柯魯斯，「你可真會開玩笑。」然後，他瞄一瞄小蔓，泛起猥瑣的笑容，就像一頭色迷迷的土狼。

小蔓始終低着頭，兩手放在腰際不斷揉搓，馬斯凱注意到她一直迴避安東尼的眼光？

「好吧，」老爹請大家就坐，「讓我們開始今天的會議。」

慈慧法師捧着一本 A4 大小、薄薄的線裝書，泛黃的宣紙隱約透露了這本書的年齡，像卷宗般淺綠色的封面，上有端正字體:「菊月祭實施手冊（強身篇）」。

慈慧法師雙手合十，向大家點頭說：「井上伊之助醫師，我們會永遠懷念你，因為你的犧牲奉獻，讓九塊厝和澳底寮這偏遠地區有了醫療服務，我們將秉持你的信念，傳承醫治病人的使命，讓每一個人，不分富貴貧賤、不分膚色、不分信仰，都能得到照顧。」一縷清煙在空氣中撩繞，周遭籠罩着一股莊嚴的氣氛。

慈慧法師續說：「兩年一度的菊月祭即將來臨，一直以來，你鼓勵強國先強身，醫者必先有健康的體魄，方能醫人。今日你一手創立的九塊厝和澳底寮兩個診療所的同仁，聚首一堂，就在『收冬戲』前夕，我以九塊書院第五代主持的身分宣布：第十五屆『菊月祭之會』正式開始。」

「首先，歡迎我們新加入的成員，馬斯凱醫師和賴曉吉醫師。」老爹說完，房內響起熱烈的掌聲。

「接下來是討論菊月祭事宜。」老爹拿起桌面上的手冊，「相信大家已經很清楚比賽規則，今年參賽人數跟往年一樣，比賽形式大致不變，大家有沒有異議？」

與會者保持沉默，馬斯凱想問個明白，卻被一陣尖銳的聲音打斷。

「我是今年菊月祭的『人頭』，」説話的是賴曉吉，他的下巴四十五度抬高，彷彿以為多抬高一度身高就會多加一分，「九塊厝的『人頭』是？」

柯魯斯用手肘頂一下馬斯凱，說：「喂，就是你，去自首吧。」

「什麼？」馬斯凱一陣慌張，手中的茶杯掉在地上。

讓我來解釋一下：據《台灣刑法大全》，「人頭」指被操弄的傀儡。【實用造句】陳致中說：「我只是聽媽媽的話，一切都不知道，因為我是人頭 ~~~」

「小馬你先別着急，」老爹投給馬斯凱一個安撫的眼神，他謹慎地翻閱手冊，全場大約維持了一分鐘的沉默。他推一推老花眼鏡說：「根據手冊第三章第二十四條：『凡菊月祭的負方，必須推選一人（通常為年資最淺者）前往勝方診療所觀摩、實習一個月，藉此交流經驗，並促進兩診療所之間的情誼』。」

「滿紙屁話。」柯魯斯的呢喃傳到馬斯凱的耳裏，不知為什麼，他總是覺得很不舒服，像是背上被捅了一刀，卻不能哼一聲。

「其實呢，」趙凱臉上堆滿笑容，油亮的頭髮讓他看起來像一尊蠟像，「也許大家想多了，這不過是交流，無論曉吉到九塊厝，抑或馬醫師到我們那裏，我們都會像招待貴賓一般，這點我可以保證，黃醫師，你説對嗎？」

「呵呵，是的是的。」老爹回了一個別有意涵的淺笑，「再説，這次我們一定會贏。」

「你以為我們會輸嗎？」趙凱說：「既然你們信心滿滿，我也不好意思澆冷水，不過我有義務給你們善意的提醒，這十年來，我們可是一次也沒輸過。」

安東尼和賴曉吉適時發出戲謔的笑聲，而姚辰風則像軟糖一樣靠在安東尼身邊。

「最後是遞交『菊月杯』儀式。」

趙凱從姚辰風手上接過一個約一百厘米高的藍色布袋，擱到桌上，姚辰風把布袋掀開，一座被拭擦得閃閃發亮的銅製獎杯呈現眾人眼前。

獎杯和馬斯凱在倉庫看到的幾乎如出一轍，只是一個是大鯨魚，一個是小蝦米，眼前的獎杯就像一幢宏偉的帝國大廈，上面的菊花浮雕更是鮮艷奪目，木製底座的銅牌上刻着大大的「冠軍」兩字，在在訴說着它無庸置疑的價值和榮耀。

相對於柯魯斯從桌下摸摸挖挖掏出來的那座獎杯，難怪它會像雜物般被堆放在倉庫裏，任憑厚重的灰塵掩蓋住所有恥辱。

「獎杯會暫時放在九塊書院。」慈慧法師說：「直到收冬戲結束，菊月祭到來。」

「第十五屆菊月祭之會，到此結束。」

## 鐵人四項

回家路上，馬斯凱和小蔓再次肩並肩走在布滿楓葉的坡道，她始終低着頭，臉色比來的時候更加憔悴。

「你還好嗎？」馬斯凱打破沉默，「不會是脖子斷掉吧？你的頭已經垂到胸前了。」

「不關你的事。」小蔓不斷踢着腳下的楓葉。

「你好像認識那個安東尼？」

她突然放下腳步，地上枯萎的五角楓葉好像殞落的星星；緋紅的山林，落葉後的光禿枝椏，秋天的蕭瑟，看在她眼裏，突然成了血淋淋的支離破碎。

「我現在不想討論這個。」小蔓瞪着馬斯凱，「還有，再提到那個安東尼，就和你絕交。」

看着她那張大理石般堅毅的臉，馬斯凱知道，這一回絕對不是開玩笑。

收冬戲正式鳴鑼，每到黃昏，九塊厝的人都扶老携幼到書院看戲，沿途擺滿了攤販，敲鑼打鼓，張燈結彩，彷彿農曆年提早了三個月到來。

離菊月祭只剩下一星期。

柯魯斯愈來愈亢奮，不知道他從哪裏弄來一張海軍陸戰隊的作息表，照辦煮碗，把身體每一條肌肉操練到幾乎要舉牌抗議。

收冬戲的第一天，柯魯斯拿着一罐汽水來找馬斯凱，說：「要是這一次輸了，你不會再見到我。這不是輸贏那麼簡單，是關乎尊嚴的問題。」他把馬斯凱的手抓過來放在自己的胸膛上，「尊嚴比生命更重要。」

「別說我不在乎你的尊嚴，」馬斯凱不以為忤，「直到現在我還不曉得要做些什麼！」

柯魯斯一把將他揪住，眉毛一揚：「你說這句話，就像是拿我的生命來開玩笑。」柯魯斯把馬斯凱拉到房子最陰暗的一角，彷彿見不得光似的，換上一種悲涼的腔調:「你知道上一次我當『人頭』的一個月，在澳底寮是如何被蹧蹋？」

馬斯凱搖搖頭。柯魯斯臉上閃過一抹憤慨。

柯魯斯在澳底寮的一個月，趙凱連感冒病人都不讓他碰，每天他都在洗廁所。

離開前一刻，負責關門的警衛老伯還對他說：「什麼？原來你是醫生喔。」

「要是這一趟我們又輸掉，」柯魯斯用眼角怔怔的看着馬斯凱，隨即發出一、兩下陰森森的笑聲，「下一個洗廁所的人就是你。」

馬斯凱腦袋突然一片空白，像被閃電擊了一下。

「那些混蛋會把水管弄壞，故意拉屎不沖水，」柯魯斯兩顳的靜脈像灌了水銀隆隆的鼓起來，「那個高個子最變態，他還用內褲把排水管堵住。」

馬斯凱幾乎連心臟也停止跳動。

「其實我也不必這麼拚命，反正下一個邊洗廁所邊流眼淚的人不是我。」柯魯斯拍了拍正在發楞的馬斯凱說：「別以為我這一身苦練的肌肉是為你而戰，我不過是要告訴那些兔崽子，他們可以蹧蹋我的肉體，但甭想踐踏我的尊嚴。」他發出一陣叫人發麻的笑聲，馬斯凱看着他手中的汽水罐「霹啪霹啪」的被捏成了一團廢鋁。

**《菊月祭實施手冊》第二章第三條**

比賽目的是強健體魄，為使人人都能參賽，比賽項目以簡單為主，配合大自然的環境條件，進行競走、游泳、腳踏車和長跑四項，採團體制，贏得三項者即為勝方，若雙方平手，則計算四項比賽時間的總和，花時間最短者為勝。

「小馬，看你也似個運動型的人吧，而且腿也不算短，長跑這一項就交給你了。」進入收冬戲的第二天，老爹看着晨報，報紙上沿露出兩隻細小的眼睛：「千萬不要輸給那隻唐老鴨喔。」

「唐老鴨？」

「就是姓賴那傢伙，」老爹皺了眉頭説：「你可要小心，他看起來不太『老實』。」

這時柯魯斯剛從樓上走下來，一身閃亮的裝扮就像準備進入奧林匹克運動場接受千萬觀眾吶喊喝采一樣，多日來的操練，使他腿上的肌肉線條更加分明。

「正式進入倒數了，小馬，你也要加緊操練啊。」

馬斯凱換上跑步鞋，尾隨着柯魯斯出去。柯魯斯來到倉庫前，拉出那個深綠色不透水尼龍袋，撣掉上面厚厚的灰塵，把袋子一抽，一輛銀白色國際比賽用的公路單車展現在陽光下：全碳纖維的車身閃閃發亮，前面是兩片橢圓形鋁合金大齒盤，後面有個九片飛輪，共三十段變速，兩條高高瘦瘦的輪圈，像貓頭鷹的眼睛炯炯有神，還有完美的流線形曲線車身，像一顆上了鏜的子彈，蓄勢待發。「它的名字叫『銀色閃電』。」柯魯斯小心翼翼地撫摸車身，寶貝得如貴婦撫摸着趴在大腿上的貴婦狗。

柯魯斯騎上「銀色閃電」，食指在眉毛上向馬斯凱揮了一下，踩着踏板，一陣風似的揚長而去。

外面天氣晴朗，萬里無雲，天空清澈得可以窺視億萬光年外的星球。馬斯凱怔怔的站在陽光下，深吸一口氣，白色的氣墊跑步鞋踏出了第一步，踩在既溫暖又踏實的土地上，前方已沒障礙，他不必猶豫，只想單純的一直跑下去。

離菊月祭剩不到兩天，馬斯凱看完最後一個病人，剛好是中午十二點。他坐着，用兩手量着自己的腳圍，幾天來的地獄式訓練，使他的小腿有點瘦，卻感覺強壯了許多，每一條肌纖維就像一束束纏得緊緊的稻禾，扎實而飽滿。

小蔓走進診間，抱起桌面上那疊厚厚的病歷，準備送到檔案室。

「很重吧？讓我來幫你。」馬斯凱邊説邊伸手想接過病歷。

小蔓把手一揮，猶如蚊子碰着電蚊拍，馬斯凱的手被倏地甩開。

小蔓像舉重選手的最後一舉，雙臂環抱近十公斤重的病歷，奮力抬起，顳側浮起一條墨綠色的靜脈。

不知道什麼惹怒了她，她圓滾滾的眼睛瞪了馬斯凱一眼：「你們男生都這麼自以為是嗎？為什麼以為我無法搬動這一疊東西？老是這樣，你們把我當成什麼？一朵裝飾的花？還是用完即棄的衞生紙？誰叫你裝好心？我的事自己會處理，你少給我操心，你們這些自以為是的大男人，我受夠了！」

頓時，診間只剩下風扇轉動的聲音。

小蔓喘着氣，胸口上下起伏，一滴淚水滑過她的臉龐。

馬斯凱走上前，從她手中抱起一半病歷，把另一半留在她手上。

「朋友的好處就是，」馬斯凱用紙巾拭去掛在她下巴的淚珠，「你心中的負擔，他會無怨無悔為你扛一半。」

小蔓看着地下，眼角的淚珠愈滾愈大，喘息變成啜泣，最後更泣不成聲。她放下手中的病歷，一把抱住馬斯凱，把頭枕在他的肩膀上，盡情放聲大哭。

## 衝啊！九塊厝！

九月二十五日，早上七點半，空氣中瀰漫了一層薄霧，九塊厝和澳底寮全體人員集合在九塊書院前，一棵茂密的榕樹下。

「喂，喂，」姚晨風對着比丘尼慈慧法師大聲說：「比卡丘[3]，比卡丘，你們的洗手間在哪？」

全場鴉雀無聲，目瞪口呆。

離比賽還有十分鐘，小蔓從背包掏出一隻粉紅色的東西，用魔術貼別在柯魯斯「銀色閃電」的車頭上。

「Hello Kitty！」柯魯斯像被誅九族似的大叫起來：「你竟然把這麼噁心的東西別在我的戰車上！」

「相信我，」小蔓說：「就這麼一次。」

「為什麼？」柯魯斯猛搖頭。

「求求你別拆下來。」小蔓捉住他的手，眼神中帶着溫柔說：「它是我送你的幸運娃娃。」

柯魯斯正想反駁，老爹把大夥召集到書院的屋簷下。

涼風習習，每個人額上卻掛滿豆大的汗珠，鼻翼翻動，傳來深沉的鼻息。

「事到如今，我沒什麼話激勵大家。」老爹伸出手，手背朝上，其餘的人圍成一圈，像疊羅漢似的把手放在老爹的手背上。「我知道大家都不是狂傲的人，但我們也不至於推說淡泊名利，比賽要是抱着『只求參與不求勝利』，就失去了比賽的意義，尤其是面對那些不可一世的傢伙，我們要給他們一點教訓！就讓我們以行動給他們講一個『龜兔賽跑』的故事。」

大家交換一下眼神，馬斯凱注意到小蔓眼眸中的溫柔漸漸消失，還有柯魯斯一抹陰森森的笑意。

「衝啊！九塊厝！」疊羅漢的手上下波動，大夥發出喝、喝、喝的呼喚。

## 第一戰：老爹 VS 趙凱

早上八點，淡淡的霧逐漸散去，陽光穿透雲層灑在金黃色的土地上。從九塊書院出發，經過一條曲曲折折的道路，下了山，沿着綺麗的海岸線，進入村子，終點是大正中學的校門，全長差不多五千公尺。

從九塊書院到大正中學，沿途站滿了人，卡不到好位的還爬到樹上，小孩子就像樹獺一樣抱着沿途每一根電線杆，對於九塊厝每個人來説，菊月祭每一格剪影都是他們珍貴的童年回憶。

「黃醫師啊，有生之年就讓我看你贏一次吧！」

老爹穿着馬斯凱推薦的跑鞋，站在起跑線的後方；他瞄了瞄身邊的趙凱，發現這個老傢伙不曉得打從何時起就瞅着他，眼睛像狐狸似的瞇成一條線。

「黃醫師，小心身體啊。」趙凱嘴巴像撕裂的布，露出潔白的牙齒。

「彼此彼此。」老爹説。

「都一把年紀了，何必硬來呢。胸口不舒服一定要大聲喊出來，我會回過來扶你的。」

「呵呵，真是太感謝了，我特別為你準備了一瓶硝酸甘油，有需要儘管説一聲。」

慈慧法師站在起跑線旁，把一個特大號的海螺放到嘴巴上，用力吹響——「嗚、嗚」聲響徹雲霄。沒有人知道這個海螺的由來，只知道它和九塊厝的歷史一樣古老，每年這個時候，總是由它吹出菊月祭的第一個號角。

響聲在蓊鬱的山林中不斷迴繞，從山腳到山頂的人羣都在瘋狂歡呼，兩個老頭子拔腿就往前衝，起點線後揚起了一陣塵土。

小蔓提早離開九塊書院準備下一回合的競賽，馬斯凱和柯魯斯騎上小綿羊，拖着「銀色閃電」跟在後面。

競走的規則是，不得跑或跳，前腳踏穩，後腳才能離開地面，身體直挺，雙臂在水平位置甩動，以保持身體平衡。兩個老人，一胖一瘦，一高一矮，左右擺動，雙腳猶如快艇的馬達，驅動他們不斷往前進。

太陽爬升到十一點的位置，溫度逐漸升高，老爹額上的汗水像水柱般淌下，鼻翼傳來騾子負重般的喘息聲，蒼白的嘴唇像一尾被拖上岸的魚一張一合，他臃腫的身軀成了一個沸騰的大鍋爐，隱約傳來脂肪燃燒的霹啪聲。

沿途的加油聲不絕於耳，兩人走了四千公尺，趙凱一路領先，不過老爹一直與他保持着一個馬頭的距離。趙凱咬着牙冠往前走，不時回頭看看老爹，驚訝於這個大胖子竟然可以和他靠得這麼近，他一手揪着胸，義無反顧的往前衝。

老爹雙目渾沌，掛在下巴的贅肉左甩右甩，隨着逐漸蹣跚的步伐，身體像一輛跛腳牛拉的車子踽踽前進，他兩手已無力擺動。

眼前只剩下五百公尺，大正中學的正門已在望，他甚至可以嗅到紅色終點線上勝利的味道，然而，老爹懷疑自己可能連最後五公尺也撐不下去。

他很累，但腦袋比灌了藥還要亢奮；他彷彿感覺不到雙腿的存在，只知道它們仍賣力前進。他不可以倒下，至少在抵達終點前不可以，他開始聽到前方人羣的吶喊，歡呼聲像甘露，一點一滴滲進心坎，讓那一顆幾近昏倒的心臟再活起來。

「老爹還撐得住吧？」坐在後座的馬斯凱說：「我瞧他的眼睛有點失神？」

「放心吧，我連傢伙都帶來了。」柯魯斯緊緊的握着把手，機車的腳踏板上放了一台長方形的儀器。

馬斯凱順着柯魯斯的肩膀往下一看，「直流去顫器？」

「他囑我帶電擊器，」柯魯斯表情嚴肅的說：「老爹這一回算是拚了老命。」

突然，老爹眼前一個黑影晃動，他眼睜睜看着趙凱在離終點線不到十公尺，「撲通」一聲倒下。

人羣中發出「哇」一聲，趙凱趴在地上，濺起的泥土沙粒紛紛掉在他身上。老爹越過趙凱，就在離終點線不到五公尺處停住；終點的紅線像陽光般耀眼，繽紛的彩帶在空氣中飛揚，勝利的呼喚頻頻向他招手，然而，老爹毅然回頭，蹲身把趙凱從沙土中翻過來。

馬斯凱和柯魯斯趕緊跑過去，他們萬萬想不到，手中的電擊器竟然會用在趙凱身上。

「趙醫師？趙醫師？」老爹猛拍趙凱的肩膀。

他兩眼翻白，身體一陣抽搐，然後劇烈咳嗽，胃抽動了一下，把早餐吃的東西全吐出來。

老爹測他的脈搏，快是快了些，仍算有規律。趙凱發出呻吟，右手揪着左胸。「小馬，硝酸甘油，快！」

馬斯凱趕緊從褲袋掏出一個小瓶，倒出一粒白色藥丸，放到趙凱舌下。

「趙醫師，含在舌底，別吞下去。」

柯魯斯站在一旁，左右手各拿着電擊器的把手，恨不得把電擊器調到最大的 360 J，伺機電下去。

「感覺怎樣？」一分鐘過去，趙凱慢慢甦醒，點了點頭，比了一個 OK 的手勢，老爹把他扶起來；兩個老人，一胖一瘦，相互攙扶，一拐一拐走完這五公尺的路，同時抵達終點。兩個人都獲勝，勝利卻不在誰快誰慢。

至於柯魯斯嘛，站在終點線五公尺外，握着電擊器的雙手始終沒有鬆開過。

## 第二戰：小蔓 VS 姚姚

安東尼說：「不過是一場遊戲，何必太認真。」說完，他摟着姚晨風，在她的臉頰親了一下。

小蔓說：「我才不會認真，我根本一點也不在乎。」說完，她咧開嘴巴，發出毛骨悚然的笑聲。

然而，如果你仔細地聽，你會聽到，她胸膛裏那一顆七零八落破碎的心。

愛情世界只有一句真話：「愛情世界沒有一句真話。」

人羣很快轉向「鼻頭岬」—— 九塊厝海灣的最頂端。

白色的沙灘像一眉彎彎的弦月，以極度優美的弧度往南延伸，全長一點五公里，彼端岬上的紅色礁岩像一隻匍匐的青蛙，所以稱為「青蛙頭」。

人羣擠滿整個沙灘，一艘快艇停在海灣中央，穿着橘色連身上衣的海巡署人員站在快艇上，戴着超酷的墨鏡注視着海面，他們是義務前來支援的救生員。

曝曬後的礁岩像燃燒的木碳，鼻頭岬上，立着兩個剪影，宛如古代戰場上壁壘分明的兩根旗杆。

小蔓一身黑色緊身泳衣，白皙的手臂垂在腰際，陽光下像發光的白玉；她兩腿不算修長，但勻稱有致，光滑輕盈，早已令岸邊的小伙子嘴巴流口水，黑色泳帽包裹着長長的秀髮，讓她小小的瓜子臉顯得更加秀麗。

比起小蔓，姚晨風有過之而無不及，她穿紅色緊身泳衣，連泳鏡也是紅色的，再配上一個紅色手圈，襯托在她傲慢的表情下，就像寒冬中盛開的牡丹。

「她比小蔓高出一個人頭，這是一場硬仗。」馬斯凱說。

「你真的這麼以為？」柯魯斯戴上墨鏡，擺出一副不以為然的表情說：「我會毫不猶豫把所有賭注押在小蔓身上，有些東西，愈不起眼愈是可怕，就像潛伏在蜘蛛網中央的黑寡婦，愈是低調愈致命。」

「可是我好像沒看過她練習，」馬斯凱還是半信半疑，「一次也沒有。」

「是嗎？」柯魯斯騎上「銀色閃電」揚長而去，離開前拋下這一句：「要不然你以為她每個中午提了個包包去哪裏？」

「想贏嗎？」小蔓耳邊傳來姚晨風的聲音，「愈是想贏，你就輸得愈慘。」

小蔓沒回話。

「有一種人生下來就是贏家，無論什麼競賽，獎牌的底座老早就刻上他的名字，我就是這種人。」

小蔓不斷甩着僵硬的手，她感覺到礁岩下的海正不斷召喚她。

「上一回合搶男人的比賽，你已經不是我的對手，」姚晨風轉動着脖子，「這一回合你休想贏我。」

慈慧法師站在岸邊，手上拿着大海螺。

「比卡丘，可以開始了嗎？」姚晨風大聲喝道，「我可不想像個冤大頭似的陪你們在這裏曬太陽。」

慈慧法師慢條斯理的把海螺放到嘴邊，嗚嗚聲頓時響徹整個海灣。

礁岩上兩個身影幾乎同時往前一躍，像巡航飛彈在空中畫出一個漂亮的圓弧，「唰」一聲跳進海裏。

沙灘上人羣的情緒幾近沸騰，每個人都扯了咽喉盡情嘶喊，遠眺兩個嬌小的身影平行前進，雙手划水的動作，每一次拋向水面，優美得像海豚。

海水的冰冷侵擊着小蔓每一根神經，她的腦袋感到混亂，手腳不聽命令的往前衝，就像一隻憤怒的鬥牛，四蹄發瘋地奔跑，卻不曉得為何要追撞那一塊薄薄的紅布？

難道就為了爭一口氣？可是她已經不覺得這口氣有什麼重要；如果說全為了那個娘娘腔的男人，好像也太過了，因為她老早不把他放在心上。輸贏對她來說已沒有什麼意義；但話又說回來，如果有機會贏，為什麼不放手一博？給那個自以為是的女王來個下馬威，不是很痛快嗎？

小蔓奮力划水，像魚雷般前進，冰冷的海水洗去沉重的思緒，如今她僅存的意識，就是以最快的速度摸到「青蛙頭」。

姚晨風的身體不只像魚雷，火紅的泳帽頂上彷彿裝了一顆核子彈頭。她的人生字典裏容不下「失敗」兩個字，打從初出娘胎，她聽到的盡是歡呼和掌聲。

一股水流突然在姚晨風的身邊滑過，不過一個小小的波動，卻如海嘯似的震垮她的心——小蔓纖瘦的身影以極快的速度越過她，像大白鯊的背鮨留下一道水紋。

姚晨風一陣驚恐，她飽滿的自信像被戳破的魚鰾，手腳頓失方寸，一下子嘴巴鼻子都嗆水。

福無雙至，禍不單行，就在她驚覺快要窒息，雙腳不斷打水，身體急速往上浮的同時，一股灼熱感突然傳遍上半身。

她痛得哀嚎，海水不斷湧進喉嚨，她像掛滿鉛塊往下急墜，就在她以為再無法重回海面時，一隻橘色的手將她抓住。

小蔓摸到了「青蛙頭」。

她沒有勝利的喜悅，卻有一種飄飄然的愜意，在她爬上「青蛙頭」的一刹，心靈的包袱早已卸在海裏。

她爬到紅色的礁岩上，岸邊響起如雷的掌聲。快艇傳來急促的呼救，兩個海巡署人員挽着姚晨風的手臂，將她拖上船。

「哪是什麼？」岸邊圍觀的羣眾一陣喧嘩。

「她頭上有個『東西』。」

「是水母！」岸邊開始有人尖叫。

「天啊！她竟然把頭撞到水母去了！」

「飛蛾撲火也沒這麼壯烈啊！」

姚晨風終於坐直了身體，在快艇上大聲咒罵咆哮，邊扯下罩在她頭上像「全罩式安全帽」的水母；水母的觸鬚在她白皙的臉上留下一條縱橫交錯的血印，淒慘得像被烙鐵燙過。

## 第三戰：柯魯斯 VS 安東尼

九塊厝街頭巷尾觀戰的人，都像炒煮的栗子在鐵鍋上跳動，經過十多年的漫長等待，他們第一次看到勝利的曙光。

接下來的一戰是關鍵，由美男子「湯姆．柯魯斯」挑戰娘娘腔「噢～安東尼」，誰勝誰負，將左右整個戰局，太陽已經把一地的石子烤得炙熱，像火炭鋪滿整條賽道。

柯魯斯穿着緊身束衣，配上銀色頭盔，反射太陽光的墨鏡遮不住憤怒的雙眼。此時此刻他是一把銀色的利刃，可以毫不猶豫把任何阻擋他的東西——即使是無形的空氣——破成兩半。

惟一叫柯魯斯千百個不願意的，就是車頭上那隻粉紅色 Hello Kitty，他刻意抬高視角，無視它的存在，他可不能容讓這隻毛絨絨的怪物、噁心的東西，毀掉他好不容易才累積起來的殺氣。

噢～安東尼一身黑色緊身意大利限定版單車衣，自認是墜落凡間的黑色天使，無窮盡的力量毫不羞澀的展現在他的小腿和手臂上，強韌的聚乙烯纖維彷彿包不住快要爆發的肌肉。他微低着頭，菱形墨鏡掩蓋了他的神情，但微翹的薄唇透露了性情中的殘酷。在他的心裏，柯魯斯連一根汗毛還不如，只是他也需要這個小腳色作為邁向勝利的踏腳石，他需要一塊破布拭亮心中那枚勝利的勛章，柯魯斯就是那塊破布。

「銀色閃電」氣宇軒昂的佇立着，不過安東尼的「暴雷疾風」更顯雄赳灑脫，黑得發紫的意大利原廠進口公路自由車，全碳纖維，二十段變速，全車重量不到八公斤，車身還貼了一個 Boss 的

Logo。

這是一場黑與白、榮與辱的爭戰，高掛的太陽可以見證，兩個腦袋內只有戰鬥、血液中只有雄性激素的男人，將在地球上最美麗的一角，來一場死戰。

這一路由大正中學出發，沿着海岸線轉進和太平洋遙遙相望的山麓，繞着九塊厝再回到大正中學，全程像一個「凹」字，總長十五公里。

慈慧法師站在一旁，號角在大夥屏息了一分鐘之後，像空襲警報，撼動整個九塊厝。

一黑一白早已不分出哪一道是光哪一道是影，像兩隻蒙着眼的西班牙鬥牛瘋狂往前衝。他們把單車當成 F1 賽車，雙腳比着燃燒酒精的短衝程引擎，十秒之內，速度從零飆到六十公里的時速，他們並排靠着，決不讓對方超越自己一個鼻尖，二十秒不到，已衝出一百公尺之外。

一分鐘後，車身像一把揮出去的迴旋刀，拐過了一個五十度左右的彎道，眼前的景象換成一幅巨大的無盡延伸的海岸線。

海邊強勁的季候風迎面而來，兩人立刻把速度從六十降到四十。比賽只進行了四分之一，柯魯斯肺部呼出第一口帶着乳酸的氣，從這一刻開始，他的生理機能宣布，肌肉開始進入無氧運動，汗水滑到墨鏡下，刺痛了他的眼睛。他的速度就下跌，而「暴雷疾風」則開始超前。

安東尼眼睛直勾勾望着前方，飽滿的信心寫在擺動的雙腿上；他的呼吸穩定均勻，車身沒有絲毫晃動，前後兩個大輪子彷彿踏着鋼索直線前進，沉穩得像一頭黑色的美洲豹。

「如何，還跟得上吧？」超前的一刻，他轉過頭來看着柯魯斯，語調平順得似乎絲毫不用喘息，「要不要放慢一點等你？」

柯魯斯心頭一震，無法想像一個娘娘腔的傢伙竟然有這個能耐，他自己的體能已經開始走下坡，最殘酷的是賽程還未到一半，而對手的力量卻無窮無盡，想到這點，柯魯斯的信心已掉落腳踏板邊緣，車身一下搖晃，安東尼又超越了半個車身。

越過最後一片防風林，海岸線賽程就要結束，接下來是進入叢林的上坡路段，體力和意志力的考驗將會進入最高點，四公里長緩緩上升的坡道，最陡的一段達四十度，中途沒有任何緩衝，齒輪只能降到最低，以龜速前進。

「『小姐』，跟緊哦，我會好好照顧你的。」安東尼發出尖銳的聲音，説完還故意把車速放慢。

柯魯斯使勁的踏，任他怎樣努力，都落後一個車身的距離。

柯魯斯的節奏已經完全被安東尼打亂，最後一道防線快要失守，他心臟再怎麼努力跳動，都無法滿足身體每一粒幾近衰竭的細胞，大腿每一條肌肉都在嘶喊，然而眼前的坡道卻像看不見盡頭的撒哈拉沙漠，他知道自己即將倒地，也許永遠無法起來。

坡度接近四十，他們的速度已降到十五，每前進一寸都會加速細胞的凋亡，柯魯斯的腦袋開始缺氧，視網膜好像感受不到光線的刺激。

「加油啊！只剩下五公里了！」路旁的人不斷喊叫。

再過一公里就會結束這一段坡道的折騰，接下去的四公里將不斷下坡，路彎路陡，滿是碎石子。柯魯斯臉上幾乎癱瘓的肌肉居然擠出了笑容，他知道只要再撐一公里，他需要的不再是力氣，而是勇氣。

安東尼一路騎着，感覺心跳已經無法控制地加速，但他一點也不害怕，他回過頭瞄一瞄身後那台左搖右晃的車子，乾裂的嘴唇露出獰笑，他體內那一顆金頂電池足夠他把車騎到終點。

花了六分鐘，他們終於完成了坡道最後一公里，即使安東尼故意放慢車速，柯魯斯還是被拋離兩個車身。

俯衝時間到了！安東尼首先往下，極快的下衝讓他一時反應不過來，車子已離開頂點五十公尺，但他的心臟還留在原地，腦袋頓時一陣昏眩，以將近七十公里的時速（而且還在加速）不斷往下，風速叫他本能地瞇起雙眼，但前面的路況又迫着他不得不把眼睛（還有嘴巴）睜得像碗公一樣大；一百公尺處有一個將近九十度的大拐彎，迅間的腎上腺素分泌令他的瞳孔幾乎全然放大，他不由自主的拉起手煞車——

就在安東尼減慢車速時，他聽見一陣狂嘯聲，又看到一道閃電，等他稍稍安撫內心那股難以置信的情緒時，他才恍然大悟，那一道灼人眼眸的閃電正是柯魯斯！

對了，就是這樣，千萬不要辜負你銀色閃電之名！

「哈，哈！」比起安東尼緊握把手緊捉煞車的孬樣，柯魯斯此時仰起頭、張開雙手，任由戰車以七、八十公里的速度往下衝，銀色閃電已超越了暴雷疾風，場邊隨即響起一片歡呼。

九十度大拐彎的邊緣，是一道兩層樓高的垂直峭壁，眼見柯魯斯快要飛越欄杆、連車帶人一同往下衝，他張開的雙手突然抓住後面的握把，車身以一個不可思議的角度傾斜，他把左腳踏在地上當支點，「嘎」一聲，輪幅閃着銀色亮光，離峭壁邊緣不足一寸，車子像鬼魅似的拐過了這個大彎。

後面的安東尼看得瞠目結舌，他好不容易安然度過第一個九十度大拐彎，已嚇出一身冷汗，腸子好像亂七八糟全糾結在一起，他嚐到打從膽囊擠到喉頭的苦澀膽汁。小命是保住了，但可不保證能否延續到下一個彎道。

柯魯斯一路往下俯衝，彷彿忘記了手煞車的存在，他必須在最後一公里前遠遠拋開安東尼，因為那段是平坦路段，現在嚴重體力透支的他，再沒半點把握可以抵禦安東尼再次超越。

眼見跟死敵的距離愈拉愈遠，安東尼高不可攀的自尊心像捱了結結實實的一拳，胸口一陣糾痛。

於是，一黑一白兩台單車把生命完全交給了地心吸力，一路往下衝，輪子兩旁不斷濺起一粒粒碎石，有幾個彎道後輪有一大半伸出了峭壁，惹得觀眾驚呼連連，這種不顧一切的競賽已超越理智。

安東尼一路苦苦追趕，他再不必擔心剎車的問題，因為他的手煞車在過第一個彎道時已經解體，如今「暴雷疾風」儼然是一匹脫韁的野馬，已經變得無法控制。

打從下坡起，熊熊鬥志在柯魯斯的心中重新啟動，他必須在最後一個彎道來一個飄移式過彎，以慰勞不斷為他搖旗吶喊的鄉親父老。

安東尼知道自己再怎麼努力駕馭，失控的「暴雷疾風」必定無法跨越最後這道關卡，一個邪惡的念頭在他腦海中閃過：「寧為玉碎，不作瓦全，地獄路上霧茫茫，死也要找個伴！」

柯魯斯甩過最後一個彎，正準備張開雙手接受萬人景仰時，卻連人帶車突然被高高舉起；「暴雷疾風」的前輪毫不閃躲的剷到「銀色閃電」的後輪上，兩輛單車在峭壁上快速旋轉，木製欄杆隨即被撞開，破裂的木塊在空氣中翻飛，車與人同時被摔出坡道，錯愕的嘴巴掛滿沿途每一張驚慌的臉孔。「銀色閃電」和「暴雷疾風」像千百年解不開的孽緣糾纏一起，柯魯斯和安東尼在藍白色的天空中近乎緊緊擁抱，然後一併墜落山谷。

碳纖維支架承受不住巨大的撞擊，一支支解體，幸好柯魯斯和安東尼跌落樹叢中，加上坡道已經接近山腳，高度只有三、四米，沒有造成太嚴重的創傷。

離終點還有一公里，兩人哎哎叫地爬起來，瞪着對方。良久，他們低頭看看自己，拍掉身上的枯枝落葉，然後不約而同仰天狂嘯，彷彿慶幸四肢和頭顱還連住身體。

「你這個卑鄙小人。」柯魯斯不屑的從齒縫擠出這句話，他右臉頰腫了一大圈，彷彿剛挨過拳擊手一記左勾拳。

安東尼表情詭譎，他的情況也好不到哪裏，右側顳頜關節顯然已經脫臼，下巴也掉了下來，嘴巴歪到一邊，合不攏的嘴角不斷淌着唾液。

「今天就要你嚐嚐失敗的滋味。」柯魯斯冷冷的説，「別忘了，比賽還沒結束。」

安東尼皺一皺眉頭。

柯魯斯一個大跳躍飛撲到出去，撿起掉落的車頭，等安東尼回過神來，他已快速抓住岩壁上的草木爬回路上。安東尼不甘示弱，趕緊拿起卡在兩樹之間的後輪，連滾帶爬回賽道上。

兩個瘋子，一個舉着車頭，一個扛着後輪，沿着賽道，用兩條已經摔得不靈光的腳，一拐一瘸繼續尚未完成的五百公尺賽事。路旁人羣皺起了眉，臉上寫滿錯愕，兩個帥哥現在變成兩個灰頭土臉、衣服襤褸的傢伙，像回收場撿破爛的糟老頭，扛着偷來的贓物拚命逃。

終點就在前面，兩人的體力已達極限，光宗耀祖的勝利響炮已在他們耳邊點燃。就在電光石火之間，柯魯斯的車頭，更準確的說法是，柯魯斯車頭上那粉紅色毛絨絨可愛到不得了的 Hello Kitty 的鼻子，比安東尼歪七扭八的輪子，以零點零一秒之差扯斷了終點線上的紅絲帶。

噢 ~~（shit）~~ 安東尼 ~~

勝利的狂歡頓時響徹整個九塊厝，如今他們以一和兩勝的成績進入最後一戰。安東尼萎靡的癱坐在地上，一個從籃框彈出來的壓哨球完全粉碎了他的連勝美夢，驚恐的他無法合上嘴巴，任由淚水和口水不斷地流。

柯魯斯躺在地上，身體蜷曲，抱着「銀色閃電」僅存的車頭，全身因激動、感動而顫抖，也在灑淚，他彷彿已達到人生最高峰，死而無憾。

就在這一秒鐘，柯魯斯做了一個義無反顧的決定：他會把那可愛的粉紅色傢伙造成項鍊，一生一世戴在脖子上。

## 第四戰：馬斯凱 VS 賴曉吉

太陽已經滑到西方一角，氣溫逐漸下降，勝方將會在落日以前高高舉起勝利的旗幟。

十公里路程，一萬公尺距離，二萬五千個步伐，六十分鐘。馬斯凱和賴曉吉站在起跑線後，疾風凜凜，自有一種末代武士迎接宿命挑戰的味道。

賴曉吉頭上綁了白色布條，用紅色油漆寫着「必勝」。打從聽到安東尼戰敗的消息，他的表情變得嚴峻和冷酷，眉頭也沒皺一下，只是低聲的、冷冷的說：「真是個靠不住的笨蛋。」

馬斯凱打量着身邊這個足足比自己矮一截的傢伙，看樣子是那種軟弱得用腳輕輕一踢，就會像泡泡球一樣滾到十萬八千里的小孬；但從他暗黑得彷彿和影子融為一體的身影來看，卻有一種說不出的詭異。

時間一到，海螺吹響。

馬斯凱踏出第一步，心頭那團火開始驅動雙腿的渦輪，打從備戰階段開始，他已不在乎是否要到澳底寮洗一個月廁所（關於這一點，他也覺得驚訝），他更想是打敗眼前這個傲慢的傢伙。他感到心臟已經很久沒這麼用力跳動過，只為了這一場比賽，還有為了九塊厝上下一致的期盼。九塊厝儼然成了他心裏的家，他要為這個家而戰！

馬斯凱感到自己的步伐漸趨穩健，要注意調整呼吸的速率，吐吶之間和腳步的移動緊密相關，身體盡情放鬆，讓每一粒細胞和大自然融合，感受每一陣迎面而來的風。他眼球後方薄薄的視網膜不斷收集一幕幕傳送過來的影像。天空有一羣遨遊的燕鷗，稻田上滿滿的稻穗搖動夕陽的餘暉，沿途每一張替他加油的樸實臉龐。馬斯凱很享受這種寧靜祥和的氛圍。忽然，一種窒息的難受往他身上襲來，就像有人用沾滿污泥的指甲掐住他的脖子。馬斯凱赫然發現，賴曉吉邪惡的雙眼，正悄悄躲在大眼鏡背後，瞟着自己。

「我要吸乾你的血——」馬斯凱彷彿聽到賴曉吉，像蛇一般伸長舌頭在他耳邊低語。

賴曉吉亦步亦趨跟在馬斯凱身旁，他雙腳的揮動就像兩根柔軟的蒟蒻棒，馬鞭似的揮出去又抽回來，兩條腿交替使用，頻率快得難以想像，尤如蜂鳥拍動翅膀，馬斯凱甚至分不出他每次揮動。

馬斯凱加快速度，代價是心臟的快速跳動，但賴曉吉仍像寄生蟲似的黏住他不放。

「報告，報告，唐老鴨已超越高飛狗！」在馬拉松賽事中特設的沿途賽程廣播，將這個不可思議的消息灌進每一位觀眾的耳裏。

賽程過了一半，九塊厝大夥的心沉到谷底，馬斯凱被甩開，賴曉吉將贏得比賽，這場最後勝利的光芒，會掩蓋九塊厝前三戰的輝煌戰績。

眼見賴曉吉拋離自己五十米之遙，馬斯凱感到大勢已去。「不，還未到放棄的時候。」馬斯凱甩甩頭，努力凝聚腦海中開始潰散的意志，把注意力再次灌注到兩條痠痛的大腿上。兩人的差距縮短到四十米，胸腔裏瘋狂的心臟彷彿要從口中跳出來。

再轉個彎就要拐進大街，進入九塊厝的市區，沿途的人愈聚愈多，叫囂聲也愈發激昂；大家不斷往終點線擠，都不想錯過這歷史性的一刻。

最後三公里，賴曉吉的腿依然維持高頻率的揮動，不見疲態，看來胸有成竹。馬斯凱全身每個毛孔都潰堤似的冒汗，眼前的景物變得亂七八糟，但他決心要趕上。

過了圖書館，進入最後兩公里，賴曉吉第一次回首打量對手。

「咦——」他全身肌肉出現一秒鐘的抽搐，連下唇黏膜也咬破了，他惱怒的用右手往自己臉頰狠狠摑一下，怎可以讓對手靠得這麼近！賴曉吉再次卯足全力，他的體力在無節制的揮霍下，幾達耗盡，跑速漸漸放緩。

馬斯凱苦苦追趕，肺部像鼓風爐一擴一弛，大氣中百分之二十的氧氣已不能滿足他身上每一粒飢渴的細胞，他恨不得背着氧氣筒來跑。唐老鴨的身影逐漸變大，只剩下二十米，差距縮短給馬斯凱多了一股前進的動力。他起勁的跑，腦袋只剩下一條幼幼的終點線；他感到噁心想吐、辛苦得想死。被操到極限的生理機能不斷提醒他，或者放棄也是一個選擇，所餘無幾的志氣再次讓他堅守底線，他悄悄泛起一絲笑意：「聽好了，高飛狗可以輸給米老鼠、可以輸給加菲貓、甚至呆頭呆腦的史奴比，就是不能輸給唐老鴨！」

「還有一公里！」現場廣播再次響起，「差距已不到五米！」

賴曉吉第二次回頭，眼睛睜得像銅鈴，肌肉再一次抽搐，臉部因過度僵直歪到一邊；對手距離他竟然不到十米，心中飽滿的優越感瞬間被戳破，羞辱像蟲蟻爬滿全身，於是又惱羞成怒的摑打自己。

他斷不可輸掉！一道犀利的光束閃過賴曉吉的眼眸，他「嘿、嘿」的笑了兩下，「B計劃。」

他鬼鬼祟祟的把手伸進右邊褲袋，手掌抽出來時已握着一把東西，他故意放慢速度讓對手靠近，然後神不知鬼不覺的攤開手掌——

馬斯凱眼見剩下不到五米的距離，按捺不住加快了腳步，就在他幾乎可以感受到賴曉吉身上散發出來的溫度時，左腳掌突然一陣刺痛，身體頓時失去平衡，整個人摔在地上。

「Bingo！B 計劃奏效。」賴曉吉僵硬的臉頰擠出狡黠的笑容，他轉了轉繃緊的脖子，頭也不回的踏着輕快腳步前進。

馬斯凱在地上滾了兩圈，全身上下沾滿塵土，他痛苦地抓住左腳，五官扭曲，咽喉乾裂得已發不出聲音，他弓着背，大口大口的喘氣，小蔓跟在柯魯斯後面跑了過去。

「怎樣？扭到腳踝嗎？」

馬斯凱猛搖頭。

「圖釘！天啊！」柯魯斯趕緊把釘子拔掉，脫下他的跑鞋，白色的襪子染了點點紅色。

「小馬，你受傷了。」小蔓心疼的說：「算了，就跑到這裏吧，反正我們已經贏了。」

「剩下不到一公里，我們扶你走畢全程吧，好讓你拿個最具體育精神獎。」柯魯斯把他扶起坐在地上。

馬斯凱看着自己的腳，拍掉襪子上的塵土，從柯魯斯手中接過跑鞋再次穿上，「麻煩扶我一把。」在小蔓和柯魯斯的幫助下，他重回跑道：「我並不是為了精神獎才參加這個比賽。」說完，他再次邁開大步前進，一股來自內心深處，比火山熔岩更熾熱的盼望，驅動他的雙腿，為自己心中所屬的家奮鬥。

圍觀的人羣早已縱聲尖叫，馬醫師粉絲團在路旁，高舉布條和閃着 LED 燈的海報板，「就是這樣啦！千萬不要輸給那個小子！」十八歲左右的少女團也扯破喉嚨大喊：「馬醫師，我愛你！」

太陽有大半已陷進山的另一頭，空氣中散播着涼意，馬斯凱卻感到全身火熱，他一瘸一瘸地跑，每踩一步，左腳就傳來椎心之痛。黏搭搭的汗水不斷刺痛他雙眼，前方賴曉吉模糊的身影估計已距離他三十米之遙。

「不能放棄。」一把柔柔的聲音在他腦海裏迴蕩，他想起曾經被他遺在手術牀上的病人，那些被他拒諸門外的患者，許許多多他不屑一顧的生命。雖然一切已事過境遷，但這一把柔柔的聲音無疑是來自他們，像風輕輕的在他耳邊呢喃，甜美得宛如天籟。

「不能放棄。」他閉上眼睛，淚水從眼角流下，他喘着氣，喃喃的說：「對不起，我不會再放棄的了。」

他努力跑着，感覺愈來愈順暢，呼吸也慢慢地調和，最神奇的是他感到左腳竟然不再疼痛，跟賴曉吉的差距也漸漸縮短。

「豬頭，你最好給我跑快一點！」徐薇薇卡在人羣中揮舞着加油棒，「你要是跑輸，我絕對不會饒你！」

一陣鑼鼓聲「咚、咚、咚」響起，丁掌車和丁小雨父子邊敲鑼打鼓邊喊：「加油！加油！給我宰了那個小子！」

場邊的加油聲幾近沸騰，山本老伯也參與其中，他扯着蒼老的嗓子，和大家一樣，聲嘶力竭地喊：「加油！加油」

斯巴達從人羣中衝了出來，後面還跟了愛因斯坦，牠們領在馬斯凱前頭，大搖大擺前進。

沿途的吶喊幾近瘋狂，人羣中許多曾經是馬斯凱治療過的病人，每一把聲音都包含了深深的感激，為他的前進灌注力量。

賴曉吉第三次回頭，全身肌肉再次抽搐，這一回連汗毛也豎起來。馬斯凱像甩不掉的水蛭，距離他竟然不到五米！他頓時從頭到腳打了一個寒顫，完美的B計劃竟然失敗？他愈加憤怒，兩手不自自主再往臉頰上摑，那顆細小的頭左右不斷的甩，像一個會跑的風浪鼓。

「小馬！加油！」柯魯斯不知從哪裏鑽出來，站在終點線上，手上握着一支白色的大聲公，「你要是贏了的話，我替你值一個月班！」

小蔓立刻搶過大聲公，顧不得淑女應有的矜持端莊，扯了嗓子大喊：「只要你贏過那小子，我答應替你洗衣服一個月！」

大聲公很快被老爹搶了，他對着人羣説：「別再胡鬧了，你們統統給我安靜！」空氣中的聲音頓時凝住。

老爹把柯魯斯擠開，氣定神閒的站到終點線前，眼神鋭利，對着大聲公喊道：「小馬，你什麼都不必給我，你只要把他幹掉就行！」

歡呼聲再次響徹雲霄，一路上不斷有人在鼓掌；賴曉吉全身冒着冷汗，體溫彷彿驟降了二十度，離終點線不到十米，馬斯凱已經和他肩並肩在跑。

惡夢，從未做過的惡夢！賴曉吉加倍用力掌摑自己，希望趕緊擺脱這個恐怖的夢境。他忽然嘔吐大作，一路狂吐，腦子裏和肚子裏的髒東西多得可以一直吐到終點線。

馬斯凱在最後一米超越了賴曉吉，他不知道自己如何辦到，只知跟隨心裏那聲音，在選擇放棄前先要努力去跑。在最後一道光線消失在大地的一刻，他的胸膛碰觸到終點絲帶，粉紅色絲帶扯斷了，釋放出勝利的喜悅、吶喊和狂歡，像春天樹梢散落的櫻花，飄散在九塊厝每一個角落。

## 秋末

秋天的晨曦瀰漫東部這個小村落，這個早上起了霧，繚繞在山巒之間。

馬斯凱推開窗戶，透過晨霧看着柔和的陽光，前面的海洋也變得朦朧了；薄霧在玻璃上凝成水珠，慢慢滑落，海風把層層霧氣推送進來，他不禁深深吸了一口氣。

菊月祭結束已有一星期，被B計劃刺傷的左腳已經結痂，但一雙大腿仍隱隱痠痛；他忘不了當時的氛圍，耳邊的加油吶喊聲彷彿從未安靜下來。有把聲音在他心裏逐漸清晰，像一顆豆子在發芽呢喃：「我似乎開始愛上這裏了。」

他扭扭脖子，伸展身體，提了緩跑鞋走下樓去。他找不到什麼理由要把自己關在房裏。

在離開之前他回頭看一看，就在牆邊的櫃子裏，門外灑進來的陽光剛好照在那裏，有一座獎杯高高的聳立，閃着光。

## 唐老鴨的結局

賴曉吉不是要到九塊厝當「人頭」的嗎？來，看看這一幕：

趙凱面露慍色，把失魂落魄的賴曉吉拉到一棵老梧桐後面：「你這齷齪的東西！」

賴曉吉低着頭，一臉黯淡。

趙凱攤開手掌，掌中躺着幾顆沾了沙子的圖釘：「想不到你竟然幹出這種事！」

賴曉吉一臉呆滯，趙凱憤怒的一記敲在他的後腦杓上，然後狠狠罵了一句：「丟臉！」

也許只是錯覺，總覺得經這麼一敲，賴曉吉好像又矮了一截。

事後，賴曉吉沒有被派到九塊厝當人頭，據說在菊月祭結束後，趙凱就把他放逐了。

① 比丘尼：滿二十歲出家，受了具足戒的女子。

② 掛點：台灣俚語，指死掉。

③ 比卡丘：又譯比卡超，卡通片《寵物小精靈》的主角。

# 7

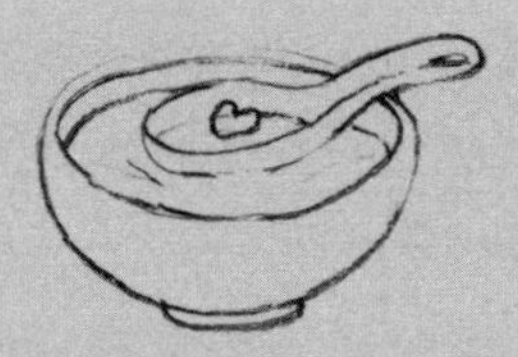

寒風，捲起九塊厝

# 不倒豆花娘

冬至還未到，不過已有第一波從大陸南下的冷氣團，電視上的天氣報道員語帶關切地說：「入夜後溫度將會顯著下降，東部沿海地區有機會下降到七度以下，外出時記得多穿衣服，以免着涼喔。」

光禿的枝椏在狂風中胡亂擺動，傍晚六點未到，天空已暗了一片，厚黑的烏雲快要壓到山腳，雨一掛一掛的打在玻璃窗上，被風捲起的落葉時而在空蕩蕩的柏油路上刮，屋子外的世界好像已經亂成一團。

「好冷——」柯魯斯搓着手，脖子上圍了一條暗紅色的圍巾，嘴巴呼出一團白霧。

「三條二。」小蔓優雅的把三張撲克牌放到桌上，「小馬，輪到你了。」

馬斯凱冷得把頭縮進衣領下面，像一隻巴西烏龜。

「三條三贏得過三條二嗎？」

「如果三條三贏過三條二，我柯魯斯早就當賭神去了，還會坐在這裏發抖嗎？你真的是台北人？怎麼比豬還要笨。」

「小柯，你怎麼可以這樣說小馬？」小蔓說：「你這樣簡直是污辱那些豬。」

就在這時牆角的電鈴響起，三人都嚇了一跳。冬天的病人原本就不多，假日又不提供門診，六點一過小蔓就關上大門。大門右側裝了一個電鈴，讓急症病人求助。

「有病人。」馬斯凱把牌一丟就衝去開門。

門一推開，強烈的寒風頓時灌進來，馬斯凱連打兩個哆嗦，眼前是不斷瘋狂繚繞的枯葉，彷彿龍捲風正在庭院肆虐。

馬斯凱探頭出去，頭髮吹得像個鳥窩。

「是誰按門鈴嗎？」除了風聲嘯嘯，雨水灑灑，左右看看，外頭一個人也沒有。

馬斯凱把門關上，大門一開一關不到三十秒，室內的溫度頓時下降了兩度，「或許是電線短路。」馬斯凱說：「我們玩最後一把。」

就在馬斯凱把第一張牌扔到柯魯斯面前，電鈴再次響起。

三個人突然定格，馬斯凱發牌的手僵在半空，半晌，他再次打開大門，風和雨又灌進來，別說人，連貓狗的影都沒有。

「咦？那裏好像有個人。」

柯魯斯隨了馬斯凱手指的方向看去，鐵門邊，老樟樹下，隱約有個晃動的身影，可是風實在太勁，落葉、大雨和沙石把空氣搞得像奶茶般混濁，前方移動的實體無法說明白。

「快，過去看看。」柯魯斯還沒來得及阻止，馬斯凱已經一個箭步衝進風雨中。

「真是一個衝動的傢伙，難道他沒看電影嗎？鬼怪通常都是在這種情景下現身啊！」柯魯斯沒好氣的嘀咕着，也隨馬斯凱走去。

風雨的漩渦中，一個高個子站在樹下，看來未夠十八歲，穿着一件白色短襯衫和墨綠色長褲，腳上套着一雙白布鞋，恐怕還未升高中。他一臉清秀，但眼窩凹陷充滿恐慌，失血的嘴唇比瓷磚還要蒼白，風雨中他全身濕透，濕濡的髮絲垂掛在額頭上，張大嘴巴不斷喊叫，可是聲音卻被風雨吞滅。直至馬斯凱走到他身旁，才隱約聽到他在喊：「救命！救命！」

他把馬斯凱拉到樹底下，原來有一個少女靠着樹幹坐着。

馬斯凱蹲下來，柯魯斯也趕到，少女青澀的臉龐看起來可能是個初中生，留着長長的頭髮，她抬起頭看馬斯凱，雙眸沒有絲毫光澤，只有痛苦和無助；她神情恐慌，咬緊牙冠，從喉嚨裏發出叫人不寒而慄的呻吟。她穿着一件寬鬆的T恤和白色運動長褲，兩手緊緊抱着肚子，兩條腿在泥地上張開，馬斯凱頓時打了個冷顫，就在少女兩股之間，白色長褲上有一團紅色水漬正不斷往周邊暈開。

「小柯，快，快把輪椅推過來！」

一進大門，小蔓趕緊把門關上，室內的溫度計又下降了一度。

少女在輪椅上不斷尖叫，聲音絕望而淒厲，少年靠在輪椅邊，一手抱着少女的頭，一手緊握着她的手。

少女被推進治療室。「你聽着，」打開治療室的門，馬斯凱一把將少年揪起來：「事情是你搞出來的吧？你是孩子的爸吧？你進去只會把事情弄得更糟，給我好好站在這裏。來，深呼吸，別發呆，想想你現在能做什麼？比如說，聯絡你的家人，還有她的家人。」

少年眼神渙散，不曉得是在發抖還是點頭，濕搭搭的臉上分不清到底是雨水還是淚珠。

馬斯凱摸摸他的頭說：「要勇敢哦。」說完，一手把門關上，把少年留在外面。

小蔓推來放滿手術工具的治療車，一臉疑惑的問：「到底發生什麼事？」

柯魯斯兩手緊緊捉住小蔓的肩膀說：「快去準備，她要生孩子了。」他笑一笑，指着少女圓鼓鼓的肚子，小蔓一看，「哇」一聲摀住嘴巴，「快，快去，小孩要出來了！」

少女雙手緊緊捉住輪椅扶手，指關節因用力而發出「啪啪」的聲響，她瞪着馬斯凱，眼眶都是淚，臉部因痛苦而扭曲；她張開的兩腿用力往地板上蹬，臀部有一半已經滑下了輪椅。

馬斯凱把手放在她鼓鼓的肚皮上，可以感覺出一波又一波的宮縮，肚子突然糾在一起，硬得像一個保齡球，然後又慢慢放鬆過來。這個過程不斷重複，每一次少女都像殺豬般慘叫，呼吸愈來愈急促。

柯魯斯愣愣的看着馬斯凱，「你有接生經驗嗎？」

馬斯凱臉上像失血後的慘白：「不是你有經驗嗎？」

柯魯斯搖搖頭，眼睛瞪得大大。

「你這個家醫科醫師是怎麼當的？」馬斯凱吼着。

「你外科這麼厲害，你來接吧。」柯魯斯馬上反擊。

「哪還不快去找老爹！」

「老爹到山本老伯家去了……」

外面突然一道閃電，晴天霹靂。

「小柯，先把她扶到產椅上，我先安撫病人；小馬，你快去把老爹找回來。」小蔓稍微冷靜的說。

這時柯魯斯的嘴巴張得大大，指着少女的褲檔說：「怕……怕……怕來不及了……」

馬斯凱一看，差點昏了過去，只見少女的白色運動褲之間有個東西慢慢凸了出來，像一粒壘球。

「來不及了！」馬斯凱忙把少女的褲子拉下，她快要滑到地板上，兩股之間多了一團黑黑黏黏的毛髮。

「頭髮！小孩的頭出來了！」柯魯斯慌張得咬着指甲。

馬斯凱趕緊跪在地上，連手套也來不及戴，兩手輕輕扶住那顆小小的頭，隨着最後一次宮縮，少女一聲慘烈的嘶喊，小娃兒就像樹上熟透的果子「卜通」掉了下來，馬斯凱連忙接住，下墮的力把臍帶扯斷，羊水濺得他滿身滿臉都是。

一個粉嫩嫩的小生命躺在馬斯凱兩手之間，他像守護着故宮博物館的寶物「翠玉白菜」，小心翼翼把他抱在臂彎裏，小娃兒胡亂揮動四肢，張大嘴巴發出宏亮的哭聲。他看來營養不良，瘦巴巴的，不過活力十足。

馬斯凱從來沒有接生經驗，過去的歲月，生命就是心電圖和血壓數據；如今他抱着這個小肉球，感受到徐徐傳到他掌心的溫熱，還有無窮盡對生命的驚艷和喜悅。白袍穿了這麼多年，首次迎接生命和擁抱生命，感覺就像深秋湖水般平靜，原來，當一個醫師，所要的不過如此。

他深吸一口氣，嘴角露出笑容，捧住嬰兒的雙手禁不住顫抖。

「這小傢伙竟然比我還帥。」柯魯斯讚歎說。

「連你都比不上就慘了。」小蔓跑過來，手上拿了一條厚厚的毛巾，「哇！好可愛啊。」

「喂，你們有完沒完，現在可是非常時期呢。」馬斯凱拿了扯血鉗將嬰兒的臍帶夾住，然後把他交給小蔓，「把他擦乾淨，鼻子和嘴巴也要清潔，臍帶記得要用碘酒消毒，還要給他烤燈。」

小蔓點點頭，把小娃兒抱到一旁。

「小柯，幫我把媽媽抬到牀上去，她體內還有胎盤未落下。」

馬斯凱緊緊握住少女的手，看着她驚慌的深褐色眼睛，說：「沒事了，你做得很好，小孩很健康，我們現在要把你抱到牀上去，你還可以嗎？」

少女虛弱的點點頭。

少女躺在病牀上，馬斯凱把手放在她肚子上，他對接生一竅不通，只能回想實習時老師教過的步驟，年邁的婦產科醫師說過：「在肚子上輕輕搓揉，會促使子宮收縮，幫助胎盤排出，也會加速止血。」

是的，輕輕的搓揉，就像搓麪團一樣。

「對了，你是鄰村仁愛國中的學生吧？我認得你們學校的運動褲呢。」柯魯斯說。

少女抿住嘴，眼神呆滯的看着天花板，臉上掛了兩行淚水。

「鄰村的學生怎麼跑到這裏來呢？」

馬斯凱叫柯魯斯繼續按摩肚子，他則檢查會陰，看是有否嚴重的撕裂傷。

「你的父母知道嗎？他們也住在鄰村嗎？」

少女始終保持沉默，然後臉上的表情突然糾在一塊，喉嚨發出像清洗溝渠的「咕嚕」聲，接着，胎盤像一塊破布似的排了出來。

「所以，你們倆是私奔囉？」

「小柯！夠了！不要再說。」

柯魯斯一陣愕然，連忙閉上了嘴巴。

少女的眼淚汩汩而下，無語問蒼天似的躺着。

「讓她休息一會吧。」馬斯凱拍拍柯魯斯，「對不起，剛才講話語氣重了，她就拜託你，我出去看看那個小娃兒。」

小蔓已經將小娃兒用毛巾包好，像一隻蠶寶寶的蛹，他躺在烤燈邊，嘟着小嘴，安靜睡着。

馬斯凱走到走廊上，除了少年，還有診療所斜對面開「超商」的巧玉阿嬤。

少年快步走過來説：「醫師，他是我媽媽。」

「怎樣？那女生還好嗎？小孩怎樣？」巧玉阿嬤戰戰兢兢地問。

少年怯怯的説：「我可以進去看她嗎？」

「媽媽和孩子都很好，你們都進來吧。」

巧玉阿嬤個子不高，兩鬢已經花白，眼角的魚尾紋長得可以拉到耳垂，她皺了眉，看着牀上的蠶寶寶，表情似興奮卻又痛苦，就像被告知中了頭獎，獎品就是「孫子」一個。

她看着小娃兒那張天真無邪的臉，心裏嘀咕着：「死去的老伴啊，這小傢伙像真你呢。」一滴淚水，滴在小孩滑溜溜的臉上。

## 回家

有一位偉大的科學家發明了一台機器，據説可以使性別互換。實驗非常成功，男人變成女人，女人變成男人。可是，就像所有實驗失敗的白老鼠一樣，後來竟然有一半變成女人的男人死了，當中還包括那位偉大的科學家。

科學家臨終前寫下結論：女人真不是人當的。

在一個風雨交加的夜，一個撐着黑色雨傘的女人走下公車，站在褪色的公車站牌下，眉頭緊蹙，茶褐色的眼睛無助的望着風雨中朦朧的街景；她肩上揹了一個大背包，手裏抱着的是男人「千軍萬馬惹出來的禍」，一個三歲娃兒趴在她肩膀上熟睡。她一動不動的站着，彷彿在思索什麼。闊別七年的九塊厝大街，徐琬婷鼓起了勇氣，再次踏上，街上兩旁密密麻麻矗立着兩層高的樓，店舖鐵門早已拉下，看不到任何一個人。

昏暗的街燈指引着她回家的路，七年前，在同一條路上，她以反方向離開了九塊厝，心中立下誓言，這輩子再也不要回來。

老家坐落在百年歲月的老榕樹後，一處商店環繞的小巷內。如今老榕樹看起來比以前更老了，茂密的垂根從樹梢纍纍下懸，樹根旁供奉了一個小小的土地公。

她站在商店前的迴廊上，門楣的豆花店招牌早已拆下，二樓的窗戶依稀透出淡淡的橘色燈光。她放下雨傘，心中開始湧現一股無法言喻的不安。門邊有一個木製信箱，信箱左側有一片可滑動的木板，只要輕輕往上一推，就會出現一個小暗格，那是她和父親之間的祕密。她用手撫摸木板上熟悉的紋路，上面彷彿還遺留着七年前的溫度，她把木板往上一推，「啊！」她禁不住叫出聲來。

學生時期，每當她逾時回家，總會被媽媽訓一頓。有一天，父親把她帶到信箱前，指着小暗格輕聲說：「我替你在這裏放了把鑰匙，以後回來就自個兒進來，別讓媽發現，這個家的門永遠為你而開。」

七年過去了，那一條古銅色的鑰匙仍然掛在那裏，等着她回家。

她取下鑰匙，正準備插進鑰匙孔時，門突然開了，一個年過半百的老人佇立在門口，他個子不高，背駝得使胸部快要貼到肚腹，頭髮稀疏，臉廓小小，卻有一雙大耳朵，他仰起頭，用一雙細小的眼睛打量着徐琬婷。良久，視線再轉到她臂彎裏的小娃兒，訝異的表情從眼睛蔓延到額上的皺折，最後他張開只剩下牙牀的嘴巴，笑開懷的說：「你終於回來啦。」

徐琬婷笑笑，微微點頭，眼泛淚光：「是的，爸爸。」

九塊厝村民的思想雖然還不至於停留在民智初開時期，但對於包容未婚生子的肚量仍然比一根試管還要小，因此，當徐琬婷帶着小孩，毫無預警出現在九塊厝的隔天，「私生子」、「未婚產子」的耳語就在村民之間傳得沸沸揚揚。

## 模糊的記憶

以前徐琬婷每次路過那棵百年大榕樹，總會停下腳步，把心底話告訴土地公伯伯，這個習慣源自不在人世的爺爺。

在她很小的時候，爺爺經常帶她到巧玉阿嬤的商店買芋仔冰，然後一塊兒坐在樹底下，舔着芋仔冰聽爺爺講故事。

爺爺摸了摸徐琬婷的頭說：「那個土地公伯伯啊，真會聽你的心聲呢。」

小女孩那時九歲，也許是十歲。（記不起來了。）

一羣小壞蛋，七個，或是八個。（反正不少。）

禿頭的小壞蛋搶過小女孩的書包往天空一拋，肩帶剛好掛在樹梢上。

「哈哈哈，有本事自己爬上去把它摘下來。」禿頭笑着調侃，其餘的壞蛋跟着大笑，四周戲謔的笑聲不斷攻擊。(不遠處正好有一堆狗大便。)

小女孩雙膝跪在鬆軟的泥土上，無助的淚水流到她的嘴巴裏。(她還記得那鹹鹹的味道。)

她第一次覺得自己比一隻毛毛蟲還要弱小。

事情的轉捩點是，她看到樹底下的土地公伯伯向着她微笑。

然後，一個小男孩出現，他一腳踹在禿頭的屁股上，禿頭的臉就朝狗大便撲過去。(她永遠忘不了禿頭吃狗屎的樣子。)

那夥小壞蛋圍着小男孩，小男孩卻把他們一個個擊倒，最後爬到樹上摘下書包，交給淚眼汪汪的小女孩。

小男孩傻傻的笑，臉頰上還有一灘髒泥塊。

她忘不了那一臉燦爛的笑容。(卻記不起小男孩的樣子。)

從此以後，向土地公伯伯傾訴就成了徐琬婷的習慣，「老伯伯啊，我想更堅強。」徐琬婷笑笑，瞇了眼仰頭看着點點的陽光從懸垂的樹根間灑將下來。

## 生活

柯魯斯蜷縮在牀角，心想要是天氣再冷下去，一定要請假，買張機票飛到峇里島去。

房門突然被推開，小蔓探頭伸進來瞄了一下。

「你太誇張了吧，才不過七度，卻穿得像愛斯基摩人。」

「類似你這種冷血動物，不會了解我這些熱血男兒的痛苦。」

「走吧，別縮在這裏了。」小蔓過去硬把他從牀上拉起來，「聽説外面開了一家新的豆花店，出去吃一碗熱騰騰的豆花，身體馬上就會暖活起來了。」

「哈啾——」兩行鼻涕掛在柯魯斯的鼻頭上，他苦着臉説：「你和小馬去吧，我看我是不行了……」

「你到底是熱血男兒還是熱血娘兒？」小蔓扯去他身上的棉被，像拖垃圾袋似的把他拖出了房間。

冬天午後的空氣飄着寒意，十分鐘之後他們已經站在老榕樹下，斜對面昏暗的商店迴廊前，立了一個懷舊的木攤子，攤子是松木造的，顏色已經泛黃，卻非常硬朗，彷彿歲月愈是折騰，它愈強壯；攤子上還有頂蓋，像一間森林小木屋，屋頂上插着一面白色的幡旗，旗子隨着微風波浪似的在空中翻飛，上面用草書寫：「不二豆花」。沿着屋頂邊沿垂掛了一片片的小竹板，竹板上用端莊的楷書寫着各式不同口味的豆花。

「徐老伯！」小蔓領了柯魯斯和馬斯凱走前去，「不是説退休了嗎？怎麼會賣起豆花來了？」

一個駝背老人從店內走出來，老人頭上纏了一塊白布，在寒冷的冬天中，額上仍冒着涔涔的汗珠，他一手拭汗，一手拉了矮凳子招呼客人入座。

「是小蔓啊。琬婷啊，快出來看誰來了。」徐老伯大聲喊着，不久從店內走出來一位女生，套着一件巧克力色圍裙，頭上同樣的纏着一塊白布，尖尖的布角豎在兩邊，像小白兔長長的耳朵。

「是琬婷嗎？我聽過九塊厝上的人提起你喔！」

徐琬婷將濕漉漉的手在巧克力圍裙上拭擦乾淨，笑着走過去，一把抱住小蔓。「丫頭，好久不見了。」

「你是怎麼搞的？這些年來你到哪裏去了？怎麼連一通電話、一封書信都沒有？」

徐琬婷溫柔撫摸着小蔓的頭髮，輕聲說：「我現在不是回來了嗎？」

柯魯斯用手肘碰一下馬斯凱，馬斯凱往右下方一看，一個三歲左右的小男孩抬着頭、瞪大水汪汪的雙眼望着他，掛着天使般的笑意。

「嗨。」馬斯凱摸摸他柔軟的頭髮。

「叔叔，要吃什麼嗎？」小孩踮高腳跟，高舉雙手把豆花的選單放在桌面上。

柯魯斯拿起選單，大聲說：「小蔓，快來看，這裏有個很可愛的小孩子！」

小蔓傻傻的看着徐琬婷，徐琬婷點點頭，笑笑說：「我兒子。」小蔓雙手摀住了嘴巴，眼角邊隱隱泛着淚光，時間彷彿停頓了，接着小蔓緊緊抱着徐琬婷，淚水濕了她的肩膀；然而，徐琬婷沒有哭。

小蔓走到桌邊，蹲下來。

「我是小蔓姐姐，很高興認識你呢。」

小孩眼角向媽媽看了一下，徐琬婷點點頭，他便高興地握住小蔓的食指說：「我叫方文浩。」小蔓摸摸他的頭，然後把他擁入懷裏。

這時，遠處傳來一陣悶哼的引擎聲，一台特大號的重型機車停在街角，高聳隆起的握把反射着太陽的銀色光芒，粗黑的輪胎狠狠壓在柏油路上。

騎士身材壯碩，像電視上的摔角王，墨鏡遮住他冷冽的視線，不一會，他驅動油門，機車倏地遠去了。

柯魯斯皺着眉頭說：「這傢伙很面熟。」

馬斯凱說:「你覺得他像上次把你揍得半死的『老鼠人』嗎？」

徐老伯的豆花攤重新開張的消息傳遍了九塊厝，滑嫩的豆腐、甘醇的薑汁、清爽的甜湯、柔順的土豆，古老的味道再次喚醒每個村民味蕾上的童年記憶，大家扶老携幼來光顧。豆花攤從早到晚總是門庭若市，徐琬婷的生活終於有了着落。

這個晚上，天空沒有一片雲，無邊無際浩瀚深邃的深藍，一輪明月把山林漂成銀色。徐琬婷收了攤，把小孩哄上了牀，便外出散步。榕樹下一片片枯葉，清脆的聲響，充滿了安撫人心的力量。這是她有生以來首次發現，天地更大，都沒有一處比得上美好的故鄉。

天還未亮，診療所的電鈴就嘩啦啦的響起，大街上賣冬瓜茶的李大嘴滿頭大汗衝進來，扯着嗓子怪叫。

小蔓從二樓跑下來，「老伯，要掛急診嗎？」

「不是我要掛急診，是大街上有人受傷了。」

尾隨下來的馬斯凱抓了急救箱說:「小蔓，我們趕去看看吧。」

大街上擠滿了人，一半是來買東西的，另一半則是來看熱鬧的，連那個一年三百六十五天都幾乎都在睡夢中的中藥行少東，被村民譏為「睡夢羅漢」的傢伙，也裹了棉被、伸長脖子在人羣中東張西望。

「那不是琬婷的豆花攤嗎？」小蔓納悶，愈是靠近老榕樹，心裏愈忐忑不安。

「哇！」小蔓忍不住叫起來。

豆花攤像被龍捲風掃過似的解體了，殘缺的松木零零碎碎，摻和着斑駁的黑漆撒滿一地。

人羣中央，一片狼藉中，三個人依偎着坐在地上，身上、頭髮上都沾滿了油漆。

「琬婷？徐老伯？」

徐琬婷靠在爸爸的肩膀上，徐老伯一手抱着徐琬婷，一手攬着方文浩，兩眼瀼瀼地望着殘破的豆花攤，沒有絲毫的表情。

馬斯凱趕緊蹲下身仔細看，他發現徐老伯左額腫了一大塊，血還在淌下，他連忙從急救箱抽出一塊紗布把傷口壓住。

小蔓跪在地上，緊緊抱着琬婷和小孩，淚水盈眶。

「小蔓，先把他們扶進屋裏去吧。」馬斯凱顧不得會沾上油漆，挽了徐老伯的手臂，攙扶他起來，小蔓則拉着徐琬婷和孩子走進店裏。

「不二豆花」這面旗子，被撕裂得七零八落，摔在稍遠的冰冷的水泥地上。

王本善來了，完成四個基本動作——拍照，做筆錄，歎歎氣，搖搖頭——就離開了。

馬斯凱清洗好徐老伯的傷口，縫了六針；小蔓買來一瓶松香水把他們身上的油漆擦乾淨，然後她才小心翼翼的問：「琬婷，到底怎麼一回事？」

徐琬婷深吸一口氣，笑笑攤開手，平靜的説：「我也不曉得發生什麼事，才一開店，就有一夥人衝上來，二話不説就往我們身上潑油漆，還把攤子砸爛。」

徐琬婷搖搖頭，這時一直不發一語的徐老伯淡淡的説：「也許最近我們的生意太好吧。」

馬斯凱皺着眉説：「有人眼紅，看不過眼？」

「是對面賣冬瓜茶的傢伙找人幹的吧！」小蔓咬牙切齒，「那個眼睛小不拉幾的李大嘴！」冬瓜茶和豆花是九塊厝僅有的甜點專賣店。

「可是跑到診療所找我們過來的不就是他嗎？」

「説不定是賊喊捉賊。」小蔓説着，順手在牆邊拎起掃帚，氣沖沖的走出店面。

「沒用的。」馬斯凱一把將她拉住，小蔓企圖扳開他的手，卻被馬斯凱捉得更緊。「只要李大嘴矢口否認，你能奈他何？」

「總不能任他為所欲為吧？」

「你也沒證據呀。先把這裏收拾乾淨，讓徐老伯他們重新做生意才是首要的。」

小蔓和馬斯凱離開豆花店時，隔壁的老婆婆正在店門前的迴廊掃地，馬斯凱剛好和她四目相投，老婆婆靦腆一笑，彎身輕輕鞠躬。

「荼媽媽你好。」

「是小蔓嗎？很久不見，你長得更漂亮了。」荼媽媽少說也有七十歲，臉上的紋路比千年神木的年輪還要細密，因從小接受日式教育，動作舉止像極日本婦女，言行談吐溫文儒雅，待人接物和藹可親，在九塊厝頗受人尊敬。

自從荼媽媽的老伴前年去世後，店面就收起來了，就像所有做事一板一眼、有條不紊的日本人一樣，即使拿下了招牌，門面還是打理得井井有條，白色的粉刷油漆仍然亮麗，地面永遠一塵不染，柱子上找不到一絲蜘蛛網。

「荼媽媽，這個早上你是不是也被嚇倒了？」

「很可怕呢。」荼媽媽説着，左顧右盼，然後招手喚小蔓過去，她壓低聲音説：「我全都看到了，共有五個壞蛋，聽説是最近從城市回來的小混混，你們千萬別惹他們啊。」

小蔓眉頭皺了一下，然後拍拍荼媽媽説：「婆婆，你不用替我們擔心，這陣子你自己也要小心喔。」

離開時，馬斯凱回頭望，有一種難以言喻的不自在，屋簷下，荼媽媽正向着他揮揮手，再次深深鞠躬。

馬斯凱提議替徐家做一些事。

三人集資，柯魯斯購買器具和材料，馬斯凱負責設計並擬草圖，小蔓上網搜尋木工的基本技巧，一有空檔，三人就圍起來，在貯藏室外的空地上敲敲打打。馬斯凱在倉庫外牆上架了一盞特大號的探照燈，即便是深夜，空地仍然燈火通明。

老爹偶爾會過來關心一下，他總是笑笑，摸摸下巴一聲不響的離開。

「小馬。」柯魯斯把板子牢牢固定，讓馬斯凱精準的鎚上釘子，「有件事很早以前就想和你說了。」

「嗯？」他嘴巴叼着兩根釘子，滿臉汗珠。

「坦白說，一開始你真的頗討厭，」柯魯斯自顧自說：「但我真的很高興你來了，診療所因為你的加入變得好玩多了。」

馬斯凱放下手中的鎚子，小蔓一臉錯愕。

「你沒生病吧。」馬斯凱說：「說話沒頭沒腦的。」

小蔓喜孜孜的推了柯魯斯一把說：「馬醫師啊，我們小柯很少讚人，不過我保證，他這次講的都是真心話，這句『謝謝』你就收下吧。」

馬斯凱頓了一下，然後推了柯魯斯一把，兩人對望，不禁笑起來。

徐琬婷站在窗戶旁，手摸着窗，透過玻璃看九塊厝大街。雖然晨光照亮了冰冷的水泥地，然而冬夜殘留的寒意，仍然滲進她的指尖。

事情過了一星期，房子外的黑色油漆已清洗乾淨，可是豆花攤仍未能重開。

雖然馬斯凱的手工沒有木匠師傅的精細，但每一片松木板子都釘得非常牢靠，當初的森林小木屋彷彿又重現眼前，屋簷邊懸掛着竹板子，刻上各種不同口味的豆花名字；被撕爛的旗子經過針線密密的縫合，重新高高掛在屋頂上，在風聲中、在青天白日的天空下，再次飛舞。被砸得稀巴爛的豆花木攤子重新營業了。

徐琬婷走出房子，一把抱住小蔓。

哭的是小蔓，她拭掉淚水說：「都是小馬的主意。」

徐琬婷用溫暖摯誠的眼神看着馬斯凱，說：「馬醫師，謝謝你。」馬斯凱傻傻的笑着，耳根竟然紅起來。

「還有我。」柯魯斯豎起纏着繃帶的大拇指說：「這根大拇哥可是挨了小馬兩鎚呢。」

「為了感謝你的大拇哥，」徐琬婷說：「以後你們來這裏吃免費豆花。」

## 一夫當關

下午一點，刺骨的寒風持續地颳，大街上人不多，只有一隻流浪小花貓慵懶的趴在屋簷上。只要接近老榕樹，氣氛卻截然不同，豆花攤前大排長龍，人聲鼎沸，人人都想在這個嚴寒的午後，吃一碗熱騰騰的豆花。

柯魯斯沿着商店前的長廊走着，忽然打了一個哆嗦，彷彿有股陰涼的氣息在他頸後拂過，他用眼角往身邊的店家瞄了一下，就在陰暗的櫃台後方，李大嘴正緊盯着他，他的臉有四分之三埋在陰影裏，一半嘴唇往下彎，兩顆眼珠閃動藍色的光，是憎恨的眼神，柯魯斯提醒自己不能忘記這個眼神。

相較於豆花攤的門庭若市，此時李大嘴的冬瓜茶，冷清得像個墓園。

柯魯斯排在人龍後方，估計一下，半小時後能吃到豆花已是萬幸了，水泥地上的寒氣穿過皮鞋直刺他的腳後跟，他開始思索，為了吃免費豆花而受這種凌虐值得嗎？就在準備放棄時，他的褲角被拉了一下，方文浩正站在他腳邊，手上提了一個大袋子，裏頭裝了五杯豆花。

「媽媽說這個請你們吃的。」

柯魯斯激動得差點流出眼淚來，他眼眶泛紅，對小孩說：「告訴你媽媽，以後你們到診療所看病免費。」

想到拿了免費豆花回去，必定給馬斯凱和小蔓嘲為「缺德鬼」、「不顧徐家死活」時，柯魯斯走到豆花攤前準備掏腰包，徐琬婷說：「不是說了不收錢嗎？」

就在柯魯斯思索着該如何解釋時，後方傳來一陣騷亂，原本長長的人龍像蒼蠅羣遇到狙擊四處散開，五個壯碩的身影站在揚起的塵土裏，像所有電影裏面的「壞人」，他們都有一張「邪惡」的臉、冷酷的眼神，配上一副邪惡的笑容，凌亂的頭髮直豎叉開；五個人身上都穿着骷髏頭圖案的緊身T恤，還有像十年沒洗、處處破洞的牛仔褲。

「不是警告過你們別再賣了嗎？」一個右耳穿着三個耳環的傢伙大聲吆喝，狠狠的往豆花攤擲出一粒雞蛋，雞蛋沒砸中攤子，卻不偏不倚的砸在柯魯斯頭上。

樑子就是這樣結上了，柯魯斯一個箭步擋在前面。

「長毛怪，這裏沒有你的事，識趣的就趕快離開。」中間那個傢伙笑嘻嘻說。

徐琬婷趕緊把小孩抱進屋裏，徐老伯走出來站在柯魯斯身邊。

「你們到底是什麼人？為什麼一直欺負人家？」柯魯斯把臉上的蛋清撥開，他看到五個傢伙正步步迫近，每個人手裏還握着粗粗的球棒。

對面街角，李大嘴的店門已經悄悄關上。

下午三點，診療所的大門被推開。

一個身高近六呎的傢伙站在門外，他一身蠻橫的肌肉，卻長了一顆小得不成比例的腦袋。

「老鼠人？」馬斯凱皺起了眉頭。

老鼠人咧開嘴巴笑着，展示出重量級拳手技術性擊倒對手後的驕傲笑容，他兩手捧着一個血淋淋的傢伙。

「柯魯斯？」

柯魯斯像一綑沾血的麻布掛在老鼠人的手臂上，體無完膚，頭上臉上又瘀又青，還黏着凝固的血迹。馬斯凱全身汗毛直豎，腎上腺素一瞬間衝到最高點，他隨手捉住身旁的點滴架，雖然這一枝「武器」只比掃把棍好一點，但這是他僅存的武器。

老鼠人步步進逼，周圍的氣氛肅煞緊張，豆大的汗珠掛在馬斯凱鼻尖，老鼠人從容不迫的走到病牀邊，馬斯凱心裏計算着他與老鼠人之間的距離，看準這是他惟一出手的機會，正要把點滴架從上而下打在老鼠人肩上，就在千鈞一髮之際，出現了一個「美女與野獸」的組合，徐琬婷在老鼠人身旁出現：「馬醫師。」

只見老鼠人把柯魯斯放到病牀上，馬斯凱慢慢回過神來，趕緊視察牀上的柯魯斯，頭上腫了一個大包，牙齒丟了兩顆，肋骨斷了三根，慶幸五官還算完整，馬斯凱拍拍他的手說：「你，還認得我嗎？」

「小馬，你這個混蛋……」柯魯斯在被打歪的嘴巴吐出這句話，聲音混着血腥，苦澀的淚水從青腫的眼角擠了出來。

很好，能夠講出「混蛋」這麼有條理的話，柯魯斯這一回是死不了。

小蔓和老爹也趕了過來，一看牀上的柯魯斯，都禁不住歎氣。

「琬婷，小柯發生了什麼事？」小蔓氣急敗壞地問。

徐琬婷看看身邊的老鼠人，然後把五個流氓來砸店的事仔細道來，柯魯斯如何奮勇抵抗，以肉身抵擋一波波攻擊過來的球棒，聽得人人熱血沸騰。

## 蕩氣迴腸的一幕

不過，徐琬婷的敍述卻遺漏了一個重點，柯魯斯之所以有這個下場，其實因為徐老伯、柯魯斯、徐琬婷和方文浩，剛好構成「老弱婦孺」的組合，而且柯魯斯又以右手的大拇指往鼻頭一抹，說：「我要打十個！」

枯黃的落葉波浪似的在地面翩翩起舞。

柯魯斯倒在水泥地上奄奄一息，徐老伯則被另一個惡漢狠狠的架在地上，豆花攤又絕望的瓦解了；徐琬婷緊緊抱着方文浩，流氓輕浮的步伐向她靠攏，她可以聞到他們身上的汗臭。

「我已經給你們機會，」禿頭從喉嚨發出像沙紙磨出來的聲音，「可你們一點也不珍惜。」

徐琬婷感到方文浩全身都在顫抖，她雙眼噙着淚水。

禿頭在徐琬婷的身邊蹲下，從腰間抽出一把刀子抵在方文浩的臉上。「下次我再看到你們擺攤子，哪怕只賣一碗豆花，我就會在這小娃兒臉上打一個叉。」

方文浩緊緊抿着嘴巴，淚水漱漱的淌下。

禿頭滿意的站起來，準備開懷大笑。

一顆棒球大的石頭從遠處扔過來，結結實實的砸在禿頭的肚子上，他悶哼一聲，痛苦得彎着腰倒在地上，像一粒抽搐的蝦米，滿臉通紅。

其他四個流氓不約而同望向石頭來的方向，榕樹下停了一台銀色的重型機車，老鼠人站在旁邊，手裏正上下拋着一塊石頭。

四個流氓從來沒碰過如此高大的人，他們一陣哆嗦，當他們接觸到老鼠人的目光，第一次發現有人的眼神竟然比火山熔岩還要灼熱，看着禿頭已經「陣亡」，一種前所未有的戰慄遍佈四人全身。

老鼠人像坦克一步步靠近，流氓額頭冒着汗，手腳抖動；老鼠人每移近一步，龐大的身軀彷彿又增高了一尺，等他站好時，他們已兩腳發軟，只好速速拉起趴在地上鬼吼鬼叫的禿頭，連滾帶爬，夾着尾巴逃走。

老鼠人把徐琬婷扶起來，「起來吧，沒事了。」老鼠人結結巴巴的說着，臉上泛着傻傻的笑容。

徐琬婷打量着身邊這位巨人，說不出什麼印象，但奇怪的是，她認定，眼前這個笑容對她一點也不陌生。

小蔓毫不思索地拿起點滴架就衝了出去，所有人都來不及阻止，老爹趕緊説：「小馬，你跟過去看看。」

她站在冬瓜茶的店前，眼前厚重的木門早已深鎖，這回她一定要毫不豫猶的，用手上的點滴架，把李大嘴的頭殼砸破。

「李大嘴，你這個縮頭烏龜，立刻給我滾出來！」小蔓用右腳往大門用力踹了一下，門上下一陣晃動，門楣抖落一團塵埃。

店內安靜得彷彿荒廢了一百年。

「李大嘴！生意不如人就使出這種下三濫的手段！」小蔓對着大門深鎖更是怒不可遏，開始用點滴架不斷敲擊。砰——砰——砰——

這時門楣上的一扇小天窗突然打開，李大嘴伸出頭來，「小姑娘，你在這裏發什麼瘋？我可要報警了！」

小蔓笑一笑，瞄準了李大嘴光溜溜的頭，準備把點滴架往上擲，馬斯凱及時出現，一把拉住小蔓，「擲中了可是會搞出人命的。」

「我不管！」小蔓漲得滿臉通紅，「琬婷被人欺負，我不保護她，誰來保護她？」

馬斯凱感覺到她全身憤怒的顫動，摸摸她的頭，輕聲説：「暴力解決不了問題。」

他攬住小蔓，半哄半拉的把她帶離九塊厝大街，離開前，他瞄到一個身影，畏畏縮縮的像一隻老鼠躲在中藥行前的廊柱下，縱使屋簷下一大片陰影，馬斯凱還是一眼就認出，那頭髮凌亂、睡眼惺忪的傢伙，除了「睡夢羅漢」外，還會是誰？

又過了一週，七天的時間足以把不愉快的事情洗刷殆盡。

老鼠人一手撐住木門，一手拿着鎚子，隨便敲敲打打，當初被推倒的厚重木門三兩下子就裝回去了。

徐琬婷坐在榕樹下，靜靜看着眼前這個大塊頭。七天前，打從診療所回來，她將父親扶回房間休息，再把小孩帶上牀，撫平他驚恐的情緒，直到一切回復平靜，她才發覺自己的體力早已透支。看着豆花七零八落，旗幟再次躺在地上，她察覺到胸腔裏頭「匡啷匡啷」破碎的聲音。她蹲下來，撿起一片無法復原的木塊。

一個身影隨她蹲下，撿起另一塊。徐琬婷抬起頭，老鼠人像一座山似的，他沒説一句話，沉默地把片片破碎的木頭收集起來，像一個拾荒者。

「謝謝你幫助我們。」徐琬婷輕輕的聲音飄送到老鼠人的耳朵裏。

老鼠人停下手中的工作，對着徐琬婷傻笑。她怔住，像十萬伏特電流不經意在手臂流過，此時此景如此真實，彷彿又回到童年，當年那個替她撿書包的小伙子，今天正對着她傻笑。

「我認得你吶。」徐琬婷説。

老鼠人笑得很開懷，彷彿在説：你終於想起來了。

入夜後更加寒冷，四周一片死寂。馬斯凱站在中藥行的招牌下，對着合起的手掌呵了一口氣，然後把手伸進口袋裏，掏出一張摺成四角的小紙片。

中午時份，一個孩子跑到診療所去，門也沒敲，逕將紙條放在桌上，説：「有個人要我給你的。」馬斯凱攤開紙條，上面很工整的鋼筆字寫着：欲知詳情，且待今晚十二點中藥行分曉。

馬斯凱看看手錶，十二點零五分，心想會不會被人耍了？

草叢晃動了一下，一團幽黑的身影伴隨微弱的窸窣聲翻過牆滾了出來。

「睡夢羅漢？」馬斯凱屏住呼吸，全身起滿雞皮疙瘩，「你在搞什麼鬼？」

睡夢羅漢滾到馬斯凱跟前，將他拉進草叢裏，然後鬼鬼祟祟的東張四望，確定四下無人，才拉馬斯凱和他一起坐在草叢裏。

「你幹嘛穿得像個日本忍者？」

睡夢羅漢撥開頭上的斗篷，嚅嚅囁囁的說：「這樣才不會被人認出來。」

馬斯凱心裏頭一悶，暗地裏罵了一句：「碰到了瘋子！」

「別人都罵我一天到晚渾渾噩噩，可是有些事你不知道，我比你們這些自認清醒的人還要清楚。關於豆花攤被砸的事，我看到你們看不到的……」

馬斯凱皺了皺眉頭，示意他說下去。睡夢羅漢狡黠的笑了笑，傾身靠在馬斯凱耳邊。

「不二豆花」的旗幟在青天白日下再一次冉冉升起，迴廊前的豆花攤建造得更加堅固，每一片板子比之前都厚了幾分，下面還裝上四個大輪子，方便收攤時可以推進店裏去。柯魯斯對四個大輪子另有見解：下次逃走時可以跑得比較快。

一切都出自雷阿特——老鼠人之手，在粗獷的外表下，這個大個子還長了一顆細膩的心，他把被砸爛的東西一件一件修好，將地板的油漆清洗乾淨，還爬上屋頂重新鋪設瓦片，解決了十多年來房子漏水的問題。

無疑，徐家已把這個來歷不明的傢伙看成家裏的一分子，方文浩也漸漸喜歡上這個說話不多的大塊頭，喚他阿特叔叔。他擔當起一切最苦力的差事，早上開攤，他毫不費力就將一桶桶沸騰的豆花從店裏提出來放到攤架上。中午過後，徐老伯會教他如何煮豆花；每天收檔後，徐老伯都邀他一起吃晚飯，用膳完畢，琬婷洗碗，他會默默站在旁邊幫忙。之後，他會套上黑色的皮夾克，在朦朧的夜色下，騎上銀色機車離去。

「阿特，」徐琬婷站在屋簷下，向他揮手說：「路上小心。」

雷阿特戴上鋼盔，雖然被擋住，徐琬婷仍然感覺到鋼盔背後燦爛的笑容。

溫度計不斷探底，持續向絕對低溫挑戰，要不是擔心一氧化碳中毒，柯魯斯早在病房內升起熊熊營火。不到一個月，打不死的鐵漢——湯姆．柯魯斯，已經可以站在門診的櫃台邊，向着前來掛號的少女們眉來眼去。

豆花攤的生意依舊興隆，冬瓜茶那邊依舊冷清，像末期癌症病人，大概撐不過這個冬天。

馬斯凱前後去過豆花攤幾次，看着忙得不可開交的雷阿特，對他在斯巴達身上留下的那個大窟窿，始終無法釋懷。

馬斯凱曾拜訪徐老伯的鄰居茶媽媽，這位老人家對人畢恭畢敬，舉手投足始終溫文儒雅，他眼睛掃過茶媽媽的客廳，家俱擺放得比作業簿的方格子還要整齊，馬斯凱問了一些當天豆花攤被砸的事，好像得不到什麼明確的答案，他謝過茶媽媽後便離開了。

回診療所的路上，他心裏鬱悶得像罩了特大號的烏雲。

## 絕不妥協

這是十二月的第一天，打從早上七點開始，就飄起毛毛雨。

雷阿特把車停好，抬頭看看天空那一團厚重的烏雲，不用多久，滂沱大雨就會落在九塊厝了。

他打開信箱，拉動側邊的滑板，暗格內掛着一把古銅色的鑰匙。這個曾經屬於徐琬婷和父親的祕密，如今，也成了她和他之間的祕密。他拿起鑰匙，輕輕打開門，彷彿也打開了他不敢回首的過去，那段充滿無奈與不堪的日子，看見那個不是好人但也壞不透的自己；每一次回憶，心裏就片片刀割似的淌血，這種老鼠活在陰溝裏的灰暗人生，直到和徐琬婷再次相遇，才慢慢改變。守護這個家，成了現在他生命最大的責任，他要保護所愛的人，不讓他們受到任何的傷害，這一點，他絕不妥協。

「嘿，老兄，還認得我吧？」一個傢伙蹲在粗大的櫟柱後面，發出粗啞的聲音。

雷阿特的心揪了一下，他轉過身，天未亮透，只勉強分辨出來者的輪廓，禿頭就站在他的後方。

禿頭開懷地笑，裏面像摻雜了指甲刮玻璃的尖銳聲，叫人頭皮發麻。「我會連本帶利還給你。」

巨大的撞擊聲驚醒了睡夢中的徐琬婷，她跳下牀，心頭萌起一股不安的情緒。聲音似乎從大門那邊傳來。大廳木門深鎖，門外絕對安靜。她背項卻感到陣陣惡寒，門縫飄來陣陣焦味，是燃燒煤油的氣味。她打開門，一陣烏黑的濃煙猛撲進來，直接灌進咽喉裏，她乾咳了幾聲，眼睛也打不開，她連忙用袖子掩住口鼻，另一隻手把濃煙撥開。

迎面而來的是一團炙人的灼熱，火舌在四周竄燒，外牆已經一片焦黑，烈火快要蔓延到屋簷。

隨着一陣濃煙散去，視線逐漸清晰，她看到雷阿特全身上下布滿了碳屑，已經有好幾處大面積的燒傷，甚至聞得到他身上毛髮燒焦的氣味；他站在牆角不斷揮舞着手中的皮夾克，火苗正一一被他撲熄。

這時徐老伯也衝了出來，因太過害怕，右腳被門檻一絆，整個人摔在地上。

「火災啊！救火呀！」淒厲的呼叫劃破天際。喊救的是隔壁倒霉的茶媽媽，城門失火殃及池魚，無情的火舌正準備吞噬她的房子。

左鄰右舍紛紛跑出來看，大夥一陣嘩然，然後七手八腳提了水桶去救火；然而，強烈的東北季風卻助長火勢，風一吹，火舌在乾燥的柴薪上霹靂啪啦的愈燒愈旺，村民們的自來水，簡直是杯水車薪。

不到二十分鐘，大勢已去之時，兩輛火紅的消防車威風八面的衝到大街，消防員終於趕到了。

「燒成怎樣？」一個黑黝黝的傢伙從車窗探出頭來，皺了臉看着火勢。

「報告隊長，快燒完了！」

隊長打了個哈欠，「來得正是時候，叫兄弟們盡力搶救！」

水管一條條從消防車拉出來，在柏油路上拉出雜亂的幾何圖形，微弱的晨光折射出繽紛的虹彩，精準地落在早已被燒成碳的骨樑上。

徐琬婷的家在雷阿特的保護下，撐到消防車到來，在消防員灌救後，只燒掉一面牆。可憐荼媽媽的房子，在一瞬間化為烏有。

火熄了。

兩層的房子，燒得烏黑的牆壁還在冒煙，滿地水漬，眼前災後的景象怵目驚心。徐琬婷臉上的驚恐還未消失，她右手扶老爸，左手牽着孩子，她的手在發抖，心裏既害怕又慶幸。二十分鐘前，她以為必定會失去這個家。

要不是那個大塊頭……想到這裏，徐琬婷開始搜尋雷阿特的身影。

在熙熙攘攘的人羣中，雷阿特靠在榕樹下，彎着腰，低着頭，全身髒兮兮的沾滿了碳屑。

「阿特叔叔！」方文浩也發現了他，興奮地向老榕樹跑去。

徐琬婷扶着父親迎上前去，每走一步，眼淚就忍不住一串串淌下來，短短十來步的距離，卻愈走愈艱辛，愈走愈不對勁。

方文浩一把抱住雷阿特。「阿特……」徐琬婷的心像雙腳踩空似的揪了一下，她看見轉過身來的方文浩，臉上、手上、白色的衣服上，全沾上暗紅色的血。

榕樹下，雷阿特用一種很詭譎的姿式傾靠着樹幹，他的頭和左手往下垂，右手揪着胸膛，兩腿張開無力的擱在地上，動也不動。

**二十分鐘快速回轉**

「告訴你，沒有人敢從我這裏討得任何便宜，從來沒有。」禿頭用舌頭舔了舔乾裂的嘴唇，陰森森的笑意變成噁心的獰笑。

雷阿特像守護神般站着。

「別以為你個子大就行。嘿、嘿嘿嘿……」禿頭裂開嘴巴，從喉嚨深處發出令人反胃的笑聲。

禿頭把手伸進褲袋，抽出來時，手上已多了把黑色手鎗。「今天就是你的忌日。」手中的鎗隨即發出一聲巨大的悶哼，等雷阿特反應過來時，他的右上腹已湧出暗黑色的血液。

禿頭收起手鎗，從樑柱邊拿起一瓶塞着白布條的煤油。

「你我的私人恩怨就此了結。」禿頭碎碎的唸着，臉上帶着竊笑，拿起打火機在布條點火，「別人交代的事，還是得辦完。」說完，他將手上燃燒着的煤油瓶，狠狠的砸在白色的牆壁上。

## 勇哉！雷阿特！

「不管怎樣，我都會在這裏等你，直到你出來。」

徐琬婷握住雷阿特，他的手冷得像冰，隨着白色牀單上的血迹不斷擴大，雷阿特的臉色愈蒼白，原本明亮的眼眸顯得愈來愈混濁，直勾勾的看着徐琬婷。

「阿特，沒事的。」她把他的手放在自己臉上，他感覺到她手中的力量，還有她淚水的溫度。

雷阿特沒說話，也許已再沒力氣，哪怕是最簡單的一句話。他打開手掌，撫摸徐琬婷的臉頰，用指頭拭去掛在上面的淚。

雷阿特將徐琬婷的手拉到胸前，然後用另一隻手將她的手握住。

「琬婷，走吧，我們在這裏等他。」小蔓把她拉開。

「我們要進去了。」講話的是馬斯凱，雷阿特隨即被推進了手術室。

徐琬婷跪在門外，她攤開手，除了雷阿特的血，還有一把沾血的古銅色鑰匙。

雨傾盆而下，冷冽的東北季候風交雜在大雨之間，毫不留情地肆虐這片土地，場景彷彿回到徐琬婷重返九塊厝的那個晚上。

她快步走着，風雨中的九塊厝大街有一種幾近絕望的美，迎面而來的雨水，沖刷不去臉上的淚痕。她走在碎石路上，石礫交迭碰撞，她不得不問，為什麼眼前這條路總是這般跌宕起伏？

可她還是走到榕樹下，畢竟心裏頭還存着希望，縱然她的希望是多麼卑微，卑微到即使聲嘶力竭，也會瞬間被狂風暴雨的呼嘯淹沒，她還是跪了下來。

手術室內的氣氛非常凝重，推牀的四個輪子在地板上拖出了凌亂的暗黑色軌迹，雷阿特的血液在分秒間不斷流失，他不斷地喘，吐出來的氣息比外面的空氣還要冰冷。

馬斯凱用剪刀剪開他的上衣，右腹上，第十二節肋骨下緣，有一個直徑不到一公分的傷口，翻到背部，也有個同樣大小的傷口，兩個傷口恰好連成一直線。

「鎗傷！」老爹一愣，眼神頓時一陣迷惘。

「從來沒碰過這種事呢。」柯魯斯站在老爹身邊。

「到目前為止我只處理過一宗類似病例。」老爹拉下口罩，歲月的刻痕像蔓藤攀爬在他的臉上，扎在每一道深邃的皺紋裏。

老爹真的老了。

「來得及轉院嗎？」柯魯斯撫摸着被打歪的下巴問。

這時老鬼突然來了一句：「收縮壓只剩六十了⋯⋯你們還要聊到什麼時候？」

「不可能轉院了⋯⋯」

「老爹，交給我。」馬斯凱走進手術室，全身上下一襲藍色的無菌衣，刷好了手，「老爹你說過，救人而已，何必想太多。」

老爹炯炯有神的雙眼看着馬斯凱，他微微頷首，臉上閃爍着光芒，彷彿看着自己的孩子，從牙牙學語，突然有一天可以走路，這是一種無法言喻的滿足。

一切都似曾相識，同樣的傷口：凜凜的刀鋒刮過雷阿特的腹部，從劍突一直刮過肚臍⋯⋯同樣的穿刺傷：子彈在小腸和橫結腸上方各打了兩個小洞⋯⋯同樣的軌迹：連穿刺的角度都一樣，路徑一直沿伸到下腔靜脈，暗黑色的血就打從那裏湧出來⋯⋯

馬斯凱禁不住莞爾一笑，他曾經處理過一模一樣的創傷，就在斯巴達身上。

## 寒流遠去

這一波的寒流逐漸遠去，東方的海平面上，升起暖暖的冬陽。

馬斯凱來到老榕樹下，一絲絲的氣根，像金黃色的垂柳，枯葉在樹幹四周鋪成一張金色的波斯地毯。

他坐到一處隆起的板根上，眼前是徐老伯的家，燒毀的牆壁已重新蓋好，漆上亮麗的白色，然而，自從火災之後，已看不到豆花攤的蹤影了。

至於一旁茶媽媽的家，仍然是一片焦黑的廢墟。

那個寒冷的晚上，「睡夢羅漢」在他耳邊竊竊說的每一句，還記得清清楚楚。

「買兇殺人的不是賣冬瓜茶的李大嘴。想也知道，每天晚上都要幫老婆搥背按摩的傢伙，還能做什麼有出息的事。」

「那你認為是誰？」

睡夢羅漢眉毛翹起來，就像魚兒上鉤般興奮：「你猜猜……」

「猜你的頭，到底是誰？」

睡夢羅漢似乎意猶未盡：「你不看推理小說的嗎？猜猜看嘛，兇手通常是最不可能的那一個。」

馬斯凱默不作聲，腦袋不斷轉動。

睡夢羅漢等了半晌，見馬斯凱不答他，心裏急了，自顧自的說：「有一個晚上，我看到那五個流氓鬼鬼祟祟的躲在我家後院，他們竊竊私語，正跟一個人講話。」

「講些什麼？你都聽到了嗎？」

「話我可沒聽到，但和他們講話的那個人，我可看得一清二楚。」

「誰？」

「茶媽媽！就是那個老傢伙，臨走前，我還看到那個禿頭向她要了一疊鈔票。」

馬斯凱搔着頭不解的問：「為什麼？」

「我真覺得中華民國的醫生都是呆子。」睡夢羅漢激動地說：「竟然還問為什麼？你不會用膝蓋想一想，那個有潔癖的老太婆，怎可能容忍她的鄰居把周圍弄得烏煙瘴氣，一大早就排一大堆人，從早到晚吵吵鬧鬧。」

「可是茶媽媽不像這樣的人吧？」

「天啊！你們醫生的腦袋都是裝飾用的嗎？」睡夢羅漢氣得跳起來，「你怎可以從外表去猜透一個人的心。有一次我看到，她家裏的牆壁不過有隻壁虎爬過，第二天她就找人來重新粉刷一次。」

從此以後，再沒有人見過茶媽媽，就像眼前這一片廢墟，她的人、發生過的事，都隨時間慢慢沖淡，最後完全被人遺忘。

這時，他聽到一陣響亮的車笛聲，轉過頭去——

「馬醫師，你好！」方文浩大聲叫。

銀色機車發出「哄、哄」的引擎聲，方文浩騎在大大的油缸上，後面是雷阿特，自從上星期出院後，他的復元指數就以幾何級數般進步，最後面坐着徐琬婷。蔚藍的天空底下，三個人笑得比十個太陽加起來還要燦爛。

「馬醫師，你來早了，我們豆花攤明天才開呢。」徐琬婷高興的說着。

「你們要去哪啊？」

「阿特叔叔載我們去兜風。」

馬斯凱看着雷阿特，指指他的肚子說：「還好吧？」

雷阿特拍拍肚子，笑了笑，比了一個 OK 的手式，「替我開刀的醫生技術還不賴。」然後他轉動了把手，車子轉向。

「明天記得來吃豆花。」徐琬婷向他揮手，車子在一片歡笑聲中朝海邊駛去。

馬斯凱注意到，一路上，徐琬婷的雙手都緊緊抱着雷阿特的腰。

## 下場

我知道這不過是早晚的事，三個月後，禿頭來找我，他是在這個島的北部，一宗銀行鎗案中失手，一個剛從警察學校畢業出來的小子，把一顆子彈硬生生塞進他的腦袋裏。

他的靈魂看起來比一般人昏暗，臉上沒有任何懊惱或悔恨，也沒有悲痛或驚恐，也許這個結局早在他意料之中。

我拉了他的手，一路無言，我想，他非常清楚自己將要往哪兒。

# 8

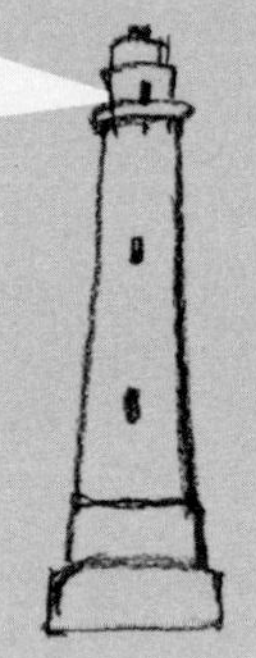

冬末，晨光

# 漂流醫師

冬天放慢了腳步，禿枝橫在碧藍的天空中，一隻台灣黑鳶展開翅膀在翱翔。一月的九塊厝，猶如深山幽谷傳出聲聲鐘鳴，帶點惆悵和孤寂。

斯巴達躺在馬斯凱身邊，這頭人瑞級的老狗，竟然比任何人還要硬朗，牠呼吸着從太平洋吹來的風。馬斯凱在想：「狗的鼻子很靈敏，牠能否嗅到太平洋彼岸一位比堅尼女孩秀髮上的香味？」斯巴達瞪了他一眼，彷彿覺得他的想法很無聊。

大海波瀾壯闊，翻滾的浪花在他腳下閃着銀色的光，馬斯凱站起來伸了個懶腰，斯巴達仰頭看着他，彷彿在說：「要回去了嗎？」

「是的，要回去了。」馬斯凱說：「你的主人在想你。」

## 謝謝，老師

這時馬斯凱的手機響起，來電顯示是柯魯斯，「兔崽子，什麼事？」

「兔崽子報告狗雜碎：綠色 999，你快給我回來！」柯魯斯在電話那一頭正經八百的喊着。

綠色 999，醫學用語，意謂大量傷患湧入。

馬斯凱牽着斯巴達，快步奔回診療所。

診療所外亂作一團，人羣擠在診療所門口，呼天搶地，一個掃地工把他們全擋在外面。

「裏面在做搶救，你們先別進去！」

人羣裏都是一些爺爺奶奶、爸爸媽媽，他們不斷喊叫，可是聽不清楚在喊什麼。馬斯凱好勉強才擠進診療所。

眼前一羣學童橫七豎八的躺在推牀上，大約有十來個，都是鄰近明禮小學的學生，白衣藍褲的校服上沾滿了泥巴和褐紅色的血漬，他們要不在驚恐的哭喊，要不在痛苦呻吟。

小蔓正為擦傷的小朋友清洗並包紮傷口，柯魯斯喘吁吁的走過來說：「有個開着小貨車的傢伙，以為自己開的是碰碰車，把一輛褓姆車撞進田裏去了。」柯魯斯指了指躺在角落呼呼大睡的中年男子，打鼾聲震耳欲聾，「他血中的酒精濃度比百年釀製的威士忌還要高。」

牀上的男子看起來五十歲上下，一頭地中海禿；王本善已經趕到，並且在他四周圍圍上封鎖線，免得衝進來的鄉民把他撕碎。

「大部分學童只是皮外傷，有一個傷勢較嚴重，老爹正在裏面搶救，外面的孩子就交給我們，你快進去看看。」

馬斯凱推開手術室的門，老鬼坐在麻醉機前，從無菌布單後瞪了他一眼；受傷的孩子被層層布單蓋住，嘴巴插着管子，隨着呼吸器「嘶、嘶」的叫，小小的身體上下起伏。老爹坐在孩子身旁，他低着頭，黑框老花眼鏡垂到鼻樑，埋首於眼前那一團血淋淋的傷口。

馬斯凱刷了手，穿上手術衣，逕自坐在老爹對面。

眼前的小手，昨天這個時候可能握着一枝彩筆，畫下母親美麗的面容，一分鐘前卻像被瘋狗啃咬過，變得支離破碎。手掌還算完整，但整個手背幾乎裸露，肌肉、韌帶、神經、血管，全混在一起，這隻手若不好好處理，它往後的功能和一隻破手套沒什麼差別。

老爹已經把手背大部分肌腱、神經和血管一條條分了出來，並且用 24 號針頭固定，他回過頭去問老鬼說：「Tourniquet（止血帶）的時間多久了？」

「快四十分鐘了。」

老爹閉上眼睛，一臉疲累。「接下來就交給你了。」老爹緩緩睜開雙眼，馬斯凱進來後這是他第一次抬起頭，「我老了，老眼昏花，這一條條的小東西已經處理不來，你要把它們每一條都好好接上。」他看着馬斯凱，持針器——前端還夾着一根八個零的尼龍線——遞到他面前。

眼前的持針器在探照燈底下閃爍着白色的光芒，不曉得是否光線太強，馬斯凱覺得眼睛濕濕的，他點了點頭，謹慎的從老爹手中接過持針器，說：「黃醫師，謝謝。」

接下來的八個小時，兩個人面對面坐着，中間是一隻等待修補的手掌，除了呼吸器的「嘶、嘶」聲和心電圖規律的「嘟、嘟」聲，一切都在寂靜的狀態。時間不斷在他們身邊流逝，他們則沉穩得如深海的石頭，馬斯凱熟悉和穩健地將每一條斷裂的血管和神經接駁起來，老爹則不斷拭去滲透出來的血液，讓傷口更乾淨，這一老一少的搭配，又像相互扶持。感覺就像鋼琴的四手聯彈，不需要說話，只需觸摸琴鍵，心裏就能感受到動人的樂章。

剪掉最後一條縫線，手術宣告結束，兩個人始終默默的坐着，口罩底下都有一抹滿足的微笑。此時此刻，手術室的世界變得簡潔和單純，是一個老師對學生的欣賞，以及一個學生對老師的感激。

## 一月結束前

一封信，從北部的醫院捎來，老爹把信對折，放進了口袋。

老爹敲門後走進馬斯凱的寢室，老花眼鏡後面的眼神顯得疲憊，臉上抹了一層落寞和憔悴。

「你已經收到通知了吧？」馬斯凱從容的坐在書桌前。

老爹微微點頭。

他拍拍馬斯凱的肩，然後把一封折好的信放到書桌上。

一月底，一個冬日早晨，馬斯凱在二號房病牀邊，看着微塵在晨光中飛舞，彷彿許多發光的小精靈圍繞身旁。山本老伯躺在牀上，離菊月祭時的樣子，他明顯蒼老多了。如今囊空如洗的身軀，僅存一點點生命的尊嚴。

一個月前，老爹給山本老伯做胸腔鏡取下的切片，委託台北做化驗，寄回的病理報告上，印了一行紅色的字：小細胞肺癌。山本老伯的癌細胞原來已擴散至腦部。

「怎樣？看着一個行將就木的老人感覺如何？」山本笑咪咪的看着馬斯凱，疾病刻劃出的累累傷痕遍布他全身，碩大的頭顱連在一個枯槁瘦弱的軀體上，顯得頭重腳輕。

「快死的病人我看多了，第一次看到像你這麼囂張的。」

「人總會走到這一步嘛。」他深陷的眼睛閃着光，「我這種叫豁達。」

「你早就知道自己生病了，是嗎？」

山本偏過頭去，咳個不停，馬斯凱連忙抽了一張衞生紙給他，暗黑色的血在紙上暈開，看來頑劣的癌細胞已放肆地深入他每一根纖維裏。

山本瑟縮牀上，病房闃寂無光，沉默彷彿也成了一種癌症。

良久，山本再次開口，「小馬，讓我給你說個故事。」馬斯凱拿杯水來讓山本潤一下喉嚨：「我就是喜歡聽你説故事。」

「我太太還在時，我們倆常去旅行，交通沒現時的方便，興致來了，提了背包，搭上公車，我們就到處去。現在的背包客聽起來很時興的，其實早在我們那個時候就有了。」

山本啜飲一口白開水：「那時的公車沒有冷氣，打開窗戶，吹進的風既清涼又甜美，外面不是一片蒼翠的樹林，就是一望無際的田野，要不就是綿延數十公里的海岸線。我們沒有目的地，坐累了就下車，玩夠了就坐上另一班車，前方曲曲折折的路像一條河，我們同坐一艘船上，徜徉在生命之河裏。

「有一回我在車上睡着了，矇矓中被一陣晃動搖醒，太太一手挽着我的肩，指着左前方説：『瞧，那裏很漂亮，我們快下車！』我腦袋仍是一片渾沌，她已經拉着我，用幾近命令的口吻叫司機停車；公車臨走前，司機還不忘告誡說：『這裏離最近的小鎮還有三十公里啊。』

「雙腳踏上土地，我的腦袋清醒了一半，然後開始後悔。前後是一條筆直的路，不到五米寬，兩旁則是長得比人高的菅芒草，再往深處就是茂密的樹林。適值黃昏，大地有一半掩埋在太陽的陰影裏，冷風習習颳過，我見聽到土狼對着月亮聲聲嗥叫。

「太太拉我走上一個陸上孤島，我滿腦子想着入夜後要怎麼辦？她卻壓根兒沒半點焦慮，興奮之情溢於言表，指着前方說：『你看！』

「菅芒草在風中搖曳，在芒花的頂端，我看見一座聳立的白色建築，夕陽映照下，發出金黃色光芒。我們撥開草叢，也不管前面有什麼飛禽走獸，長長的芒草掩蓋了我們，頭頂上盡是燈泡似發光的芒花，我們一心朝着那白色建築前進。

「直到撥開最後一根芒草，我們看到海了，腳下是紅褐色的礁岩，參差不齊的岩石一片片往上堆，像一道道紅色的梯，碧藍的海水緩緩濺上岩石，綻開成白白的浪花。白色建築坐落在岩石的盡頭，在岬角的最頂端，海的最前方，原來是一座燈塔呢。它在夕陽下金光閃閃，傍着海，頂着天，立着地，就像神話裏面的定海神針。

「那一晚，我和她坐在燈塔下，肚子絲毫不覺餓，冷了就披上外套、穿上雨衣，相互擁抱着，看弦月在地平線緩緩爬升，回頭看是草叢中的點點螢火。我心裏不再責怪她為什麼把我帶到這個荒僻之地，反而慶幸她的霎時衝動。我說過：『如果我們老了，能夠在這裏蓋一所小房子，每天都像現在，該有多好。』她看着我，泛着淚，帶着笑，彷彿在說，為何不可？

「這些年來，我沒讀過一個字一句話可以形容當時的情感，美好的記憶只能留在腦海裏，然後隨着這一副腐朽的軀體，在這個充滿漂白水味道的房間，一同死去。」山本又咳個不停，咳嗽聲既黑暗又深沉。

馬斯凱怔怔看着山本，緊緊握住他的手。半晌，他偏過頭來看着馬斯凱：「馬醫師，能不能讓我回家？」

## 木匣子

馬斯凱同意山本老伯出院，山本家沒有電話，離開醫院前他把手機交給山本說：「有事立即打電話給我，按這裏就會接通。」馬斯凱指了指那顆綠色的按鈕。

「謝謝你的護身符。」山本謹慎的把手機放進口袋，「有空記得過來坐坐。」

「放心好了，我每天都會去看你。」

「別只把我當病人。」山本輕拍馬斯凱的手說：「除了幫我量血壓，叫我吞一堆怪裏怪氣的藥，和拿針來扎我以外，朋友，你還可以陪我聊聊天。」

馬斯凱笑笑，說：「樂意之至，朋友。」

二月一個風和日麗的早晨，微風徐徐吹送，帶走了山本老伯。

一朵孤伶伶的白雲飄過九塊厝上空，四周安靜得閉上眼睛就能聽到天籟，春天準備趕過冬天的腳步，田野邊的枝椏抽出新芽。馬斯凱牽着斯巴達走在平海路的碎石子路上，後面還跟了愛因斯坦，兩頭鵝行軍似的，挺了胸、豎着頸、搖着屁股，亦步亦趨。山本走了，牠們仍然是最堅貞的衛兵。

「我沒別的牽掛，」山本一本正經的說，「惟一掛心的是我走了之後，誰可以陪你聊天。」

山本離開前一天，氣候依然寒冷，入夜的氣溫更是在十度上下。山本習慣坐在藤製扶椅上，茶几上一盞土黃色的桌燈映照着他虛弱的臉龐。

「這一點就不勞你傷神了，我有斯巴達。」馬斯凱幫他蓋上毯子。

「說起斯巴達，這老狗以後就麻煩你了。」

「放心吧，我們診療所上下都會照顧牠的。何況斯巴達是個老手，沒有你和我，牠都可以過得很好。」他給山本遞上一杯茶。

山本啜了一口茶，說：「我還有一件事。」

「你有完沒完，現在可不是交代遺囑的時候，你的日子還長得很。」馬斯凱一副漫不經心的模樣。

「我是認真的。」山本說着，猛地一聲咳嗽，指着牆上的時鐘說：「我不知道這時針走完一圈之後，我還在不在。」

馬斯凱臉上欣快的表情瞬間凝固，他看到山本的眼睛裏有一種不容冒犯的嚴肅，他輕拍山本的背，說:「今晚我在這裏陪你。」

山本搖搖頭說：「不必了，請容許我自私一點，剩下的時間我希望留給自己，一個晚上應該不足夠讓我整理記憶，但我所剩下的就只有這些，你知道吧，我沒多少時間了。」他指着角落那個黑色壁櫥，「最下面有個抽屜，裏面有個盒子，你可以幫我拿過來嗎？」

馬斯凱走到那將近一甲子的壁櫥前，木頭散發出陣陣芳香，他拉開最下面的抽屜，裏面放了一個木匣子，一圈圈清晰的紋路標示着它比壁櫥還要年老。

匣子不重，馬斯凱輕輕搖一下，無法從些微的晃動猜想裏面裝了什麼，他把木匣子交到山本手上。

「朋友，謝謝你。」山本把木匣子抱在懷裏，「夜了，你早點回去吧。」

「朋友，今晚真的不需要我陪？」

山本搖搖頭，輕笑說：「今晚我有它。」他拍木匣子一下。

「請容許我一丁點好奇，裏面到底裝了什麼，竟然讓你不顧一切拋棄朋友。」

「總有一天你會知道的。」山本向馬斯凱揮揮手，「在我走了之後，你可以把它打開。」

海潮聲在岩石間不斷迴蕩，蕩出了天地間的百年孤寂。從菲律賓過來的黑潮暖流，為冬末帶來豐富的魚羣，一艘艘漁船滿載魚穫，出現在鼻頭岬的外海，準備歸航。

馬斯凱盤腿坐在岩石上，斯巴達趴在他身旁，愛因斯坦孵蛋似的擠在他兩腿之間，長長的脖子像軟趴趴的塑膠管子，分別依在他左右大腿上。

馬斯凱摸摸斯巴達的頭，從懷裏掏出木匣子。

那個早上，馬斯凱發現山本仍舊躺在扶椅上，毯子還掛在他的肩膀，安祥地閉着眼睛，嘴角有一抹滿足的笑意，彷彿在說：「人生走到這裏，也就夠了。」他摸摸山本的手，雖然溫度已經隨生命漸漸遠去，卻明明白白的感受到什麼叫一輩子的堅毅。

老人雙手交疊，緊緊握住馬斯凱給他的手機。手機電池是滿格的，似乎沒有打出過。

記得老人曾經說過：「哈，這不是手機，是我一位朋友送的護身符呢。」

送走山本後，馬斯凱打開壁櫥下的抽屜，木匣子不知何時已規規矩矩的放回原位，上面有一枝乳白色的海芋，安安靜靜躺着。

海風吹亂了馬斯凱的頭髮，他撫摸手中的木匣，古老的木質傳來熏人的暖意。匣子上有一個小小的銅製掛鉤，輕巧的搭在一個扣環上。馬斯凱拉開掛勾，打開木匣子。不足二十立方厘米的小匣子，裏頭只放了兩件東西：一隻白色的小瓷瓶，還有兩張泛黃的車票。

## 啟程

送走了門診最後一個病人，小蔓背向馬斯凱整理治療車上的瓶瓶罐罐。

「聽說你要回台北的醫院。」

「嗯，老院長來電了。」馬斯凱低着頭書寫病歷。

「莫非你打算一聲不響就開溜？」

「我一直找不到機會告訴你們。」

「真的嗎？反正這裏對你來說不過是間客棧。」小蔓的聲音開始高昂，「或者連客棧都不如，客棧的客人臨走前還會向櫃台打聲照呼，嗨！伙記，Check out！」

「不好意思。」

「你沒做錯什麼，不必道歉。」小蔓氣呼呼的：「要怪就怪我自作多情。」

馬斯凱倏地抬起頭，說：「自作多情？」

「你別亂想。」小蔓轉過身來，隱約有兩行淚印，「你不是我喜歡的類型，我對你沒有那種感覺。」

「你講話未免太直接了。」

「日久總會生情。」小蔓兩手搓揉着白色的護士裙，「就像到現在我都很想念巴克。」

「巴克是你的前度嗎？」

「巴克是一條狗。」

「哦……」馬斯凱站起來，抽出一張衞生紙，輕輕把她的淚拭去。

「對不起，讓你哭了。」馬斯凱微笑看着小蔓，說：「雖然你殘酷地拒絕了我，但我還是要老實告訴你，看到一個女生真心誠意為自己哭泣，心裏的感覺還是滿爽的。」

「你不能認真一點？人家真的很難過！」

「這段日子謝謝你了。」馬斯凱輕輕敲了一下小蔓的額頭，「這句話是認真的。」

今晚的菜餚特別豐富，老爹特別交代廚房阿姨多煮幾道拿手好菜。

「天下無不散之筵席，」柯魯斯舉起杯子說：「小馬，這一杯是我敬你的，乾啊！」

「乾你的頭，還沒開動呢。」老爹一把搶過他的酒杯。

小蔓坐在馬斯凱旁邊，靜悄悄的。

滿桌的佳餚，滿滿的白飯，就是沒有人拿起筷子。

此情此景，或許可請達文西過來再畫一幅淒涼版的「最後晚餐」。

「吃吧，菜都涼了。」老爹淡淡地說。

柯魯斯說：「吃吧，吃飽了好上路。」

「你不能講一些中聽的話嗎？」小蔓瞪了柯魯斯一眼。

餐桌上的氣氛又回到冰點，菜盤邊開始凝了一層油。

第一個動筷的是馬斯凱，他夾了一塊豆腐到老爹的飯碗裏，說：「老爹，這是你最愛吃的沙碢豆腐。」然後，再夾了一塊雞腿給柯魯斯：「小柯，以後再沒有人和你爭雞腿了。」最後，把一隻蝦夾到自己碗裏，用餐巾擦了擦手，剝去蝦殼，然後放到小蔓的碗裏。「你喜歡吃蝦，卻又懶得剝，我現在示範給小柯看，以後請他替你剝。」

「等他學會剝蝦殼，蝦早就會飛了。」小蔓高興的把蝦子放進嘴裏，「我敢說他連蝦哪邊是頭，哪邊是尾都分不清楚。」

「別把我講得一無是處。」柯魯斯拿起雞腿就啃，「你還記得上一次我剝花生給你吃吧？」

「那是瓜子。」小蔓大聲說：「你竟然連瓜子和花生都分不出來？」

「哈，這次小柯聰明。他一句話就套出了，原來你還記得他剝瓜子的恩情。」馬斯凱說。

小蔓一忽兒臉紅了，不斷往嘴裏扒飯，邊說：「誰在意他什麼恩情。」

老爹看在眼裏，笑笑，然後舉起酒杯說：「小馬，祝你一路順風。」

「小馬，祝你一路順風。」小蔓和柯魯斯不約而同舉起酒杯。

凌晨二時零三分，離第一班開出的早車還有四小時五十七分鐘。

馬斯凱默默坐在牀沿，晚上的酒精未能發揮作用，他的腦袋比泡過冷水還要清醒，已經一夜沒睡，他兩眼布滿血絲。

牀邊放了一個肩掛的包包，是他惟一的行李。

鬧鐘響個不停，是小蔓昨晚替他調校的，說怕他晚起誤點。馬斯凱輕輕按下鬧鐘。

房間跟一年前沒兩樣，但人住進去就變得不一樣了；房間有了生命，也慢慢有了溫度。

留戀也僅止於此，馬斯凱站起來，挽了肩包，分量和一年前到這裏時差不多，不過有些東西，看不到的比看到的還要沉重。

打開門，嚇了一跳，有個鬼一樣的傢伙披頭散髮站在面前。

「柯魯斯！你搞什麼鬼？」

柯魯斯不發一言，卻一臉神祕。

「你可以長髮披肩站在這裏，但千萬別站在老爹門外，你知道他有心臟病，無法承受你帶給他的驚喜。」

早上只有九度，平時的柯魯斯，哪怕房子塌了，他也絕不會從棉被裏鑽出來。

「你不冷嗎？穿這麼少？」

這時柯魯斯舉起雙手，拿着兩個馬克杯，杯口上還徐徐冒着蒸氣，他用磁性的嗓音說：「再冷，也要和你喝一杯咖啡。」

馬斯凱打了一個寒顫，看來與冷無關係。

「如果我是女生，一定毫不猶豫愛上你。」

柯魯斯露出他的貝齒，欣然接受馬斯凱的恭維。

「記得回來看我們。」

馬斯凱喝過咖啡，把馬克杯還給柯魯斯，說：「Cafe 沒有聘請你是他們的損失。」他緊緊擁抱柯魯斯，在他寬厚的肩膀上拍了一下，然後背起肩包，逕自走下樓梯。

打開門，首先出現的是斯巴達，牠像是睡眼矇矓，還有那濕濕的鼻尖；馬斯凱看在眼裏，牠的眼神憂鬱，鼻上掛的不是鼻涕而是一串失落。馬斯凱蹲下來，摸摸牠的頭，「你什麼時候學會多愁善感啦？」他把牠抱得緊緊的，在牠耳邊輕聲說：「你好好留在這裏，老爹他們會照顧你的。」

斯巴達不安的擺動，嘴巴發出嗚咽。

愛因斯坦從樹叢搖着屁股走過來，他把牠們全擁入懷裏。

穿過院子的鐵門時，他停了片刻，理性叫他別再回頭，這樣有損帥氣；但他已經管不了，溫熱的淚水早已軟化他自以為是的豪邁，回憶像蔓藤纏住他的心，他終於不禁回過頭去。

「我以為你真的鐵石心腸一走了之呢。」小蔓站在二樓的陽台上大聲喊着。

「我就說嘛，他一定會回頭的。」陽台上還有柯魯斯，他高興的對着老爹說：「你輸了，一百塊拿來。」

老爹笑笑掏出鈔票塞進柯魯斯嘴裏。他們不約而同向馬斯凱揮手；馬斯凱抿了嘴，努力的吸着鼻子，即使感動得要死，他也不會讓淚水掉下來。

「喂，你終於哭了？」小蔓大聲的問。

「誰說我哭了。」馬斯凱回嗆。

「那你的鼻子為什麼紅紅的。」

「我今天早上過敏。」

「真的嗎？」小蔓比出一個不置可否的手勢，陽台上幾個人相互望了一眼，然後蹲下身子，等他們再站起來時，各人手上已握了一卷東西。

「喂，送你的！」說完，他們一同將那東西往下扔，一面長方形的棉布馬上攤開，從二樓懸掛至一樓，上面用油漆寫着幾個大字：「人安、車安、一路平安」。

淚水終於不聽使喚，馬斯凱低聲罵了一句；管他的，反正理性不值多少錢。

陽台上三個人開懷大笑。馬斯凱向診療所深深鞠躬，然後轉身，挽了肩包邁大步離去。

晨曦的微光穿透樹梢，不遠處，藍色公車已經在站牌前等候。

支撐站牌的柱子四十五度傾斜，長期的海風侵蝕，使它油漆剝落，斑斑的長滿鐵鏽，「九塊厝」三個淺藍色字仍清晰可見。

馬斯凱登上公車，一張熟悉的面孔對着他微笑。「還記得我嗎？」頭髮花白的司機用食指指着自己的腦袋，灰白色的髮際後面隱約看到一道手術後留下的疤痕。

「老張！」馬斯凱一臉訝異，一年前的車禍使他腦部受重創，緊急開刀後，再輾轉送到北部醫院做復健，如今他終於復職。「我上個月才恢復開車的。」

「那次的事，我要對你説聲對不起。」

「別説這個，人各有命，那是意外，和你沒關係，那一晚是我堅持要趕夜路回去的。」老張看看手錶，還未到七點鐘，「我還要謝謝你呢，幸好那時有你們，要不然現在坐在這裏的可不是我了。」

馬斯凱把肩包放在旁邊的座位上，藍色公車「嚕、嚕、嚕」開始下山。

馬斯凱把手肘靠在窗台上，車窗覆蓋了一層薄霧。他把臉靠近玻璃窗，山坡下的九塊厝像鍍上黃金，格子狀縱橫交錯的稻田，黃的紅的綠的，像一塊百家被子，平鋪在這個丘陵環繞的山谷裏。完美弧度的半月形海灣在眼前伸展，往岸上拍打的海浪像劇院的布幔緩緩落下，彷彿一齣精彩的劇本即將謝幕。

藍色公車緩緩下坡，九塊厝開始在馬斯凱的視線退卻，這個被咬了一口的甜甜圈，漸漸消失不見。

## 終點

馬斯凱從記事本抽出原先放在木匣子裏的兩張車票。車票保存完好，淺藍色泛黃，手掌心的大小，鉛刻印着「欣南客運」的黑色字，中央印上紅色的數字「018」，右側從上到下共有十格，最上角被剪票機各打了一個洞。

「張先生，你開車多久了？」馬斯凱問。

「我開車時你大概還在吃奶吧。」老張呵呵笑了兩聲，從倒後鏡看着馬斯凱，「今年剛好三十五年。」

馬斯凱走前去，把車票遞給老張說：「你看看認不認得這兩張車票。」

老張放慢車速，戴上老花眼鏡，一手握住方向盤，一手拿着車票，瞇了眼細看：「你從哪裏弄來的？」

「它們原本屬於我一位老朋友的。」

老張把車票還給馬斯凱，怔怔的凝視着遠方，嘟嘴說：「以前欣南客運是個響噹噹的名號，它支配了台灣東部的交通運輸；因為鐵路運輸逐漸發達，這間公司在四十年前悄悄沒落了。」

「那你認得這張車票是往哪兒的？」

「欣南客運的車票和別的客運不同，它不直接標示目的地，而是以數字替代。」車子不斷顛簸，老張摘下老花眼鏡繼續說：「018是一個支線的代號，欣南客運主要負責東部支線，所以這張應該是往台東或是太麻里一帶的車票。」

馬斯凱謝過老張，回到座位上沉思。半晌，駕駛座又傳來老張的聲音：「馬醫師，我想你可以問一下那些老車站，也許還有人會記得。」

「老車站？」

「前面不遠就是大崙武火車站，它旁邊有一家客運公司，我待會留你在那兒問一問。」

馬斯凱在大崙武下了車。

「你確定要待在這裏嗎？」老張皺着眉問，「你先過去車站問一下，確認是否有車開到太麻里，我在這裏等你。」

馬斯凱揮揮手說：「沒關係的，不耽誤你的公務，反正我閒着沒事，就在這裏逛一下，謝謝你了。」

「嗯，好吧，你自己要小心。」老張放下手煞車，臨走前又說：「馬醫師，你還會回九塊厝嗎？」老張從車窗探出頭來，神情充滿期盼。

馬斯凱沒有答話，只是默默揮手。

看着公車遠去，黃色的塵土逐漸淹沒了那一丁點的藍，馬斯凱站在碎石子路上，眼前的路突然變得很寬，寬得讓他失去了方向。

他像個背包客往前走，客運公司就在前方，兩層高的橘色建築，二樓看似辦公的，一樓是月台，面向馬路的橘色牆壁上用紅漆寫着「龍貓客運」，月台上只停了兩輛恐怕快將報廢的巴士。

櫃台後面坐了一個五十歲上下的老婦人，正入神地看着電視機裏的連續劇。馬斯凱敲了敲櫃台，對着上面的老鼠洞說：「對不起，打擾了。」

「買票嗎？幾點的？去哪裏？」老婦人說着像錄音機重複播放

的聲音，眼睛始終盯着電視機。

「我想請教幾個問題。」老婦人目不轉睛盯着電視，手隨便揮了一下：「前面有派出所，有問題去問他們。」

「不好意思，我只是想問……」馬斯凱話還沒說完，老婦人痛苦的「啊」了一聲，連續劇突然中斷，播放廣告。老婦人心不甘情不願的看着馬斯凱說：「有什麼問題這麼重要嗎？」

馬斯凱把車票遞給她，說：「你認得這張車票嗎？」

老婦人扭扭肥胖的屁股，小木凳痛苦的「吱嘎」了一聲，她隨手接過車票，端詳了一會說：「沒見過。」

「你們這裏還有誰可會認得這張車票？」

「沒有。」老婦人斬釘截鐵，「我在這裏做了快二十年，沒看過這東西。」

廣告快要結束，馬斯凱知道要快一點：「那請給我一張到太麻里的車票。」

「太麻里嗎？幾點？」

「下一班幾點？」

「半小時後。」老婦人也沒問他要不要，便拿一張票，在上面大力蓋了一個戳，遞給馬斯凱：「120 元。」

馬斯凱付了錢，取了票，老婦人的頭又整個貼到電視螢幕去。

乘哪一輛車已不重要，因為只有兩輛車，而且都有可能開到半途掉進海裏。

一小時後車開了，比原定時間晚了半小時，乘客不多，沒有一個不耐煩或抱怨，也許延遲了三十分鐘，對一個時間接近停滯的地方來說，已是司空見慣。

開車的是一個三十歲出頭的小伙子，嘴角還殘留了昨夜宿醉的金門高粱，馬斯凱膽顫心驚的從前座移到後座，事緣司機竟然問他：「請問這輛車是開往花蓮的嗎？」

很不可思議的，看來和愛迪生發明的電燈泡同時出廠的引擎竟然發動了，巴士緩緩開上了第 11 號公路，沿着公路往南走，左邊是綿延數百里的海岸線，太平洋捲起的浪花，伴隨藍天白雲翩翩起舞。

馬斯凱萬分感慨，大自然這道門永遠是打開的，他想不通這些年來為什麼要把自己關在房子裏？

司機是個環保的人，他大聲宣布：「外面的空氣好，大家打開窗戶吧，這輛車的空調十年前就壞了。」說話很有邏輯，想必是酒醒了。

馬斯凱走前去，問司機說：「請問沿途會看到燈塔嗎？」

「什麼？」引擎聲實在太大，司機扯了嗓子問：「你再說一次！」

「我問，沿途會不會看到燈塔？」馬斯凱大聲喊，像兩個聾子在對話。

司機搖了搖頭說：「沒有，這條路上沒有燈塔，不過靈骨塔倒有一座，還很壯觀呢。」

「謝謝。」馬斯凱回到座位，看看手中的車票，再摸摸肩包裏隆起的木匣子，自言自語：「朋友，這條路不好找呢。」

這時，他感覺背後有人拍他一下，轉過身，看到一個小孩子正對着他笑，「我爺爺說，他知道哪裏有燈塔。」說完，小孩子趕緊依偎到旁邊的老人身上。

老人長得瘦瘦長長，滿臉皺紋，稀疏的頭髮白花花，兩條濃濃的眉毛快垂到耳際，讓人想起深山中的千年老神木。

「你剛剛問的是燈塔嗎？」老人的牙齒早已掉光，薄薄的嘴唇覆蓋着扁塌的牙牀，也許剛剛的喊叫連耳背的老人也聽到了。

「是的。」馬斯凱興奮的說：「我能找到它嗎？」

老人搖搖頭：「你找不到它了，但我可以告訴你它原址在哪裏。」

「老伯伯，你的意思是，燈塔已經不在了？」

「嗯，是的。」老人抱着孫子，輕輕撫摸他柔順的頭髮：「這條路上本來有一座燈塔，可是二十多年前，在一次地震中倒下了，最後連港口也遷走了，沒有船駛來，政府也不用重蓋燈塔，那個地方也就廢了，從此就漸漸被人遺忘。」

馬斯凱高聲說：「請問它在哪裏？」

「快到了，半小時後我再指給你看。」

馬斯凱再次下車，揮揮手向車廂內的老人、小孩說了再見，看看手錶，已經下午三點半，冬日的太陽已經西斜。一整天下來遊遊蕩蕩，像清溪上漂浮的葉子，不知被帶往何方，他卻沒來由的開始喜歡這種感覺。

路兩旁沒有菅芒草，只有矮矮的樹叢，靠陸地的一邊有幾間民房，土地經過開墾，種了幾十畝的文旦。路上沒有人，開過的車也不多。

馬斯凱朝着老人指的方向走去，撥開樹叢，眼前長滿了野草，草高及腰，擦得褲子和肩包「嚓、嚓」的響。深藍色的海平面開始浮現，不久，馬斯凱踏上了紅色的礁岩。

天空慢慢染成金黃色，像抹上一層薄薄的奶油，馬斯凱站在崖邊，大海一望無際，視覺的最極限是地平線，像凸透鏡的鏡面微微往兩端彎；浪輕輕往岸上拍，海平如鏡，幾朵浮雲，幾隻飛鳥。海風徐徐拂動，把他的頭髮往後揚起。他手中沒有相機，卻早已把這美麗的一刻攝入心坎。

他不知道自己佇立了多久，腦袋有那麼一刻是淨空的，彷彿一件染得妖妍的衣服，洗淨鉛華，恢復單純的白。

一隻灰面鷲在天空鳴叫，把馬斯凱的思緒拉回現實，眼前火紅的雲朵提示太陽快要下山了。他提起肩包，快步往岬角走去，沿路除了礁岩，不過是蔓草叢生。岬角盡頭是一片綠色的草坪，應該曾經人工栽植，短短的百慕達草無止盡的蔓延，突兀得像荒野上蓋了一個高爾夫果嶺。

馬斯凱坐在草地上，海面吹過來的風愈來愈大，燈塔的遺迹找不到了，只有一兩處被匍匐草叢覆蓋的水泥底座，也許是燈塔遺址。

不遠處面海的一端有一塊隆起的坡地，馬斯凱走前去，把草撥開，是一堵用紅磚築起的土牆，水泥已零星剝落，不曉得是燈塔的哪部分，不過它倒像一個寬大的椅背，靠着它就能面向廣闊的太平洋。

馬斯凱靠着土牆坐着，從肩包拿出水喝，當他低頭準備放回水瓶時，發現某一塊紅磚上好像有些什麼字。他輕輕把草撥開，用袖子把上面的苔蘚拭去。

山本和小惠來到這裏
我們乘了風在海面飛翔

馬斯凱興奮地笑起來：「朋友，我終於找到了。」

一陣風吹過，發出一串尖銳的呼嘯，彷彿前後呼應着馬斯凱的話。

海面上除了倒映的餘暉，還有墨綠的深色，時間所剩不多了。他緊緊靠在土牆上，整個人像睡到了牀上，覺得這輩子從未像這刻輕鬆過。

馬斯凱從肩包拿出木匣子，掀開掛勾，拿出兩個小小的瓷瓶，一新一舊，他捧在手裏，心裏頭是滿滿的思念，也充滿感激。淚水浸潤了他的眼眸，有那麼一剎那他想忍住，最後卻任由它放肆的流下來，他知道這一回必須痛痛快快哭一次，不為什麼，也不是為了今天種種，而是為了過去那千千百百個日子。

海平面已是一片深紅，像火碳在變成餘燼之前，盡情的發光發熱。情緒隨着淚水宣泄後，此刻的他心中平靜得像鏡中的明月。他打開瓷瓶，迎了風，把兩個人的骨灰撒向風裏。晚霞映出最後一幅景象，彷彿一筆揮過去的水墨，骨灰隨風在空中被夕陽火紅的渲染、暈開，然後慢慢消失在空氣裏。

「朋友，盡情飛翔吧！」

**聽媽媽的話**

媽媽問：「長大後你要做什麼呢？」

他說長大後要當醫生。

媽媽說：「當醫生不簡單，一定要很努力讀書才行。」

他說一定會很努力讀書。

媽媽說：「不只要當醫生，還要當一個幫助人的好醫生哦。」

他抱着媽媽，大聲的說，他一定會當一個幫助人的好醫生。

## 起點

繞過了南迴公路，經過恒春往北，馬斯凱終於站在偌大的台北車站大廳，時間已是隔天凌晨四點鐘了。他已兩天沒睡，眼睛有點澀，但卻是腎上腺素過分分泌一般亢奮。

月將西沉，日將東昇。他洗了把臉，然後背起肩包往售票處走去。

售票員禮貌地問：「先生，買票嗎？」

馬斯凱也禮貌地點點頭。

「來回票嗎？」

「單程。」

「要去哪呢？」

「九塊厝。」

## 終曲

我要離開這裏了。我尾隨車子走了一段路，當景象從高聳入雲、雜亂無章的建築，變成層層疊疊的山巒、棋盤般縱橫交錯的小溪，我知道是時候結束並開展另一段旅程了。

七點金黃的太陽光照在太平洋，冬日的晴空下，我的眼角掠過一絲溫濕的暖意，我若無其事的，悄悄把這一股溫暖埋藏。這個動作我做得很熟練，絕不會讓你看到。

再見了，藍色公車，不送了。

擺在我面前的工作還有很多，我會無怨無悔一一完成。不妨告訴你們吧，這不經意的停頓，是因我偶爾需要一點點動力推動我前進。就像所有偉大的文章，需要一個個小小的逗點，才能把句子串聯起來。

我不過是稍作停歇，說了一個小故事，如果你們倉促的步伐也能夠放慢一些，一定會發現，你們身上也許有相類似的故事。

或許我會再回來，再告訴你們其他故事。

我始終相信，偉大的人們，會創造驚喜。

# 後記

我一九七五年出生於馬來西亞一個小小的鄉村 —— 怡保（可以在 Google Earth 找到）。怡保四面環山，屬於克斯特地形（像桂林），故此又稱山城。有山、有海，舉目望去很少高樓大廈，只有低矮的平房，人口不多，但商業區、住宅區、書店、電影院都有，麻雀雖小，五臟俱全。

描述這麼長，為的是鋪陳下面這一話：很像花蓮。

我很想家，自從我一九九五年首次踏足台灣，就在這塊土地上不斷尋找一個似我故鄉的地方，別無他意，只為了慰藉那份似有若無的鄉愁。

醫學院畢業後，我到了台灣北部，就像所有離家不斷往北擠的台灣農村子弟，心裏充滿一腔熱血；至少那時我是如此，一廂情願以為惟有北部就是出路（指南針不是老指向北嗎）。沒錯，北部像黑洞似的吞噬了全台所有資源，確是一個學習一技之長、學習競爭、學習生存、學習打敗敵人，還有學習如何被敵人打敗的地方，事實是，住久了，你會發現那裏沒有光，別忘了，它確實是個黑洞。

我是用手電筒才認識我太太的。在一間浪漫的餐廳裏，我們在聯誼，那時剛好停電。後來我娶了她，坦白說，我沒跪下來求婚，只問她會否嫁給我，她馬上就答應，快得我措手不及。

好了，娶了一個花蓮女子。她說她不是原住民，這一點我至今仍會懷疑，無論怎樣看，她就是那樣美（是阿美族嗎？），她的美絕對不是當日那支手電筒營造出來的效果。

認識她之後的發展，就像所有八點檔連續劇一樣。我和她手牽手回到花蓮，謁見未來丈母娘。第一眼總叫人驚艷，我在肚子裏「啊」的叫了一聲，外人聽進耳裏是聲聲「咕嚕咕嚕」，丈母娘一手拉了我，說：「我知道你開了一天車，一定餓了。」我只想說，如果你不是阿美族（至少一定是原住民），我的頭會砍下來讓你當凳子坐。

我的第一次就這樣給了花蓮，就像怡保給了我第一次一樣。

尋覓了十多年，我終於為那一份遺失了很久的鄉愁找到寄託，而且還一箭雙雕，找到老婆和一個家。

有一天我跟台北的同事說：「我要離職了。」他們就問：「去哪裏？」我說去花蓮啊！他們馬上異口同聲地說：「屁啦！」

去花蓮真的這麼荒謬嗎？祝福用語竟然是一句「屁啦」。

我帶着老婆、兒子，還有一箱打包得結結實實的北部情感（別懷疑，我還是有感情的），坐上太魯閣號，花了 444 新台幣，買了單程車票。

如今，我服務的醫院靠海，走幾步路就是廣闊的太平洋。在工作、無所事事之餘，我會走到海邊，脫下皮鞋和襪子，把赤裸的雙腳浸在暖暖的海水裏，任海浪像母親的輕輕撫摸。我始終相信，只要有水，我那份鄉愁就能找到回家的路。

這本書在台北開始寫，在花蓮完成，裏面有許多花東地區的影子。台灣東部是我見過最美麗的地方，不光是風景 —— 不是地勢險峻的太魯閣，也不是波瀾壯闊的花東縱谷 —— 而是這裏每一張不經胭脂粉飾的真實臉龐、每一位純樸善良的老百姓、每一雙厚實堅毅的手、誠誠實實踩在土壤上的每一雙腳，才是真正最美麗最動人之處。

在這裏的醫院工作，切實體會東部地區醫療資源之匱乏。這裏不是沒有醫院，而是沒有醫生。誠如那一句「屁啦」，對台灣人來說，「美國很近，花蓮很遠」，在這個被稱為「台灣後山」的偏遠地方，許多病人並非死於疾患，而是死在轉送台北醫院的路途上。

有位老農民曾經這樣跟我說：「拿的同樣是台灣身分證，繳一樣的健保費，為何我們的生命就比別人賤？」

回想在台北的日子，隨處一個地區就有好幾家「醫學中心」，台北人看病就像逛百貨店一樣左挑右選（還會嫌）。反觀東部的民眾，他們不過很卑微的希望，有一家醫院能夠照料他們，而不會打着「沒有醫生、設備不足」的藉口着他們轉院。

我對台灣來說不過是過客（我領的是台灣居留證），但我真心愛上這一片土地。她給我教育、機會、工作、生活，最後連老婆也給了我，還有非常疼惜我的岳父岳母。在我心裏，這裏已然是我第二個家。或許我沒資格批評，但我真是衷心希望，台灣政府可以加把勁，台灣既不算大，東部的人不應該這樣被遺棄。

想借這本書，感謝在人生旅途中不斷照顧我的人，感謝不吝指導我、提携我的老師，感謝和我一起努力工作的伙伴，感謝這兒每一位真摯的朋友，你們從來沒有把我當作外人，而是把我當成家人一樣包容、接納。

最後，我要感謝台灣這一片善良的土地，沒有你提供的養分，我絕對寫不出這一個故事。

陳俊賢

二零一一年十月二十日